La petite fille de la lune

Ouvrage publié sous la direction de Jean-Baptiste Bourrat.

Ce livre a bénéficié d'une aide à la traduction du Centro per il libro e la lettura del Ministero della Cultura Italiano.

CENTRO
PER IL LIBRO
E LA LETTURA

Titre original : *Il precipizio dell'amore*

Les Arènes,
17-19, rue Visconti, 75006 Paris
Tél. : 01 42 17 47 80
arenes@arenes.fr
www.arenes.fr

Mariangela Tarì

La petite fille de la lune

Traduit de l'italien par Camille Zabka

Les Arènes

À Mario, Bruno et Sofia.
À Federica et à Mariella,
sa maman pour toujours.

Quand un sujet est hautement polémique [...], personne ne peut espérer dire la vérité. On ne peut que montrer comment on en est arrivée à tenir l'opinion que l'on tient. On ne peut que donner au public la possibilité de tirer ses propres conclusions au vu des limites, des préjugés, des idiosyncrasies de celui ou celle qui parle.

Virginia WOOLF, *Un lieu à soi*
(Traduction de Marie Darrieussecq)

Prologue

Un conte de fées

Je suis maman et maîtresse d'école. Il y a quelques années, j'ai été nommée enseignante référente de Laura, une petite fille sérieuse, très grave même et d'une grande beauté.

À mon arrivée, l'enseignante, vêtue d'un jean et d'une chemise émeraude, m'accueille de manière expéditive. Elle me prévient : « Fais attention à la mère de Laura, elle s'appelle Clara, et elle cherchera par tous les moyens à t'attirer dans sa souffrance. Et puis elle est convaincue que sa fille peut tout faire, qu'elle comprend tout et qu'elle est bien présente. » Je ne dis rien. Je l'écoute. Une sortie est prévue dans la matinée, une visite, je ne comprends pas bien s'il s'agit d'un musée ou d'autre chose. L'enseignante me dit que la mère de Laura n'en *démord* pas : Laura doit y aller, elle aussi, avec toute la classe. Je reste silencieuse, mais quand je croise le regard de la petite fille, je lui parle à l'intérieur de moi et je lui murmure : « Ne t'inquiète pas, je vais t'y emmener, moi. »

Laura sourit, elle est radieuse. Pourtant personne, et encore moins la maîtresse qui la connaît depuis trois ans, ne peut me dire quelles sont ses compétences. Et le diagnostic fonctionnel demeure vague.

Nous sortons, destination le musée archéologique de Tarente. Laura essaie de s'avancer avec son fauteuil pour regarder les tableaux, les céramiques et les bijoux en or de la Grèce antique, mais la maîtresse me demande de la faire reculer parce qu'elle cache la vue à « ceux qui comprennent ».

Je fais comme si je n'avais pas entendu, je l'emmène partout, je lui parle et je lui explique. L'enseignante me regarde de travers.

Nous rentrons à l'école et, pendant que les enfants sont occupés à décrire leur matinée au musée, Laura n'a rien à faire, pas d'exercice, pas de lecture. Elle est là, assise sur son fauteuil. C'est mon premier jour dans cette classe, rien n'est perdu, je m'organise, je l'implique dans le travail et demande à sa voisine si Laura peut regarder sur son cahier. Elle essaie de l'aider, dans un élan de gentillesse, mais décrète bientôt qu'elle n'a pas le temps et qu'elle doit étudier avec ses autres camarades.

Au goûter, Laura est seule, les autres sont en groupe. J'ai dû changer sa couche en catastrophe, les ATSEM font semblant de ne rien voir. Je me débrouille. « Je vais te changer, moi, ma chérie, ça fait une heure que tu baignes dans ton caca. »

Je parle avec l'enseignante référente de l'année précédente. Elle se répand en méchancetés sur la mère de Laura, sur sa famille, et insiste sur le fait qu'on ne peut pas travailler avec un handicap aussi grave. Je lui demande si elle a déjà essayé la CAA (la Communication alternative augmentée, qui recouvre tous les moyens de communiquer autrement, notamment avec des symboles) ou les nouvelles technologies. Elle me répète qu'elle a un master en sciences de l'éducation, qu'elle a donc déjà beaucoup étudié et qu'elle ne peut pas tout savoir. Je ne dis rien.

La journée passe et je tombe sous le charme de cette petite fille. C'est elle qui m'apporte les réponses. Cet oisillon recroquevillé sur lui-même m'indique les bonnes couleurs, les formes, les lettres, les chiffres, répond correctement à toutes mes questions avec des piaillements légers que je comprends et interprète comme elle aimerait.

Je l'ai couverte de baisers et elle m'a couverte de caresses. À la fin de la journée, l'enseignante me dit : « Tu es très douée, nous en avions besoin. »

Je me tourne vers elle et je réussis à lui répondre dans un souffle : « Je me dépêche. À la maison, il y a ma fille handicapée qui m'attend. »

Le visage de la maîtresse se fige. Elle reste aussi pétrifiée qu'une statue de glace.

Le lendemain, j'arrive l'air fâché. Les enseignantes me présentent leurs excuses, mais je leur coupe la parole : « Écoutez, je ne suis pas la maîtresse de cette petite fille, je suis là pour toute la classe, pour aider tout le monde. Cette enfant fait partie d'un groupe, alors soit on travaille tous ensemble, soit l'addition va être salée. Si vous pouviez voir en elle ce que moi je vois, si vous pouviez voir à l'intérieur de ce corps immobile une fillette comme les autres, avide de découvrir, de savoir, de jouer, d'interagir, alors cela profiterait à toute la classe, à vous-mêmes, et le monde deviendrait un conte de fées. »

1

Des espaces de mémoire

C'est la bonne nuit pour me souvenir, pour ouvrir des espaces de mémoire et me rappeler comment j'en suis arrivée là. Les images me sortent du lit.

J'ai remis la couette sur les jambes de Bruno et je lui ai fait un baiser, et un autre encore. Je le regarde dormir, hébétée. Mon petit garçon de six ans est rentré de l'hôpital, il est là, il vit. Sa tête sans cheveux repose sur un coussin brodé qui vient de mon trousseau de mariage. Il est dans mon lit, comme toutes les nuits. C'est avec moi qu'il dort. Il vient se blottir contre mon ventre, comme s'il voulait y retourner. Mon petit garçon si apeuré, si effrayé.

Dans la chambre de Sofia, Mario, mon mari, dort avec ma fille. Ina est allongée – c'est ainsi que Bruno appelle sa sœur –, endormie, tout contre son père, elle ressemble à une fée. La nuit, tout est simple et normal. Il y a huit ans, au cours d'une nuit semblable à celle-ci, j'ai rencontré Sofia pour la première fois et je me suis perdue dans son regard.

Il est 21 h 30, je retourne dans mon lit sans parvenir à dormir. Je veux m'écrire une lettre. Je veux écrire à la jeune femme que j'étais. Je veux lui dire qu'elle va y arriver. Je veux la rassurer, la prendre par la main, lui caresser le front et lui murmurer que la souffrance des années à venir, cette souffrance qui lui arrachera la peau, ne durera pas pour toujours. Je veux lui crier cela : tu vas y arriver, Mariangela ! Tu ne mourras pas de douleur. J'ai, ce soir, l'impression absurde que je peux retourner dans le passé pour changer les choses. Je me vois, légère comme un souffle, revenir dix ans en arrière. Je revois les mois précédant la naissance de Sofia, mes mains sur mon ventre rond, le prénom à choisir, les manuels qui expliquent comment on devient un parent parfait. Et je revois mes rêves d'alors. Beaucoup de rêves. Brisés. Anéantis. Je reviens, sans que personne ne s'en aperçoive, dans la salle d'attente de la maternité. Je m'assois à côté de mon mari et de mes proches. Je me faufile entre mes amis qui imaginent déjà les ressemblances physiques et le caractère de l'enfant à venir. Je regarde ma sœur et mes parents, mes beaux-parents et ma belle-sœur. Sur leurs visages, aucune trace de la douleur qui viendra. Et puis j'entre dans la salle d'accouchement, où je me vois, moi, en train de pousser et de pousser encore, sans savoir qu'un jour, j'accoucherai à nouveau de ma fille et de moi-même. J'observe celle que j'étais alors, épuisée mais convaincue d'avoir réussi, sûre d'avoir déjà repris son souffle, certaine que le plus dur est fait.

Je me revois pleine d'espoir, et je me prends par la main, parce que je sais que cette jeune femme aura des contractions inattendues et qu'elle ne cessera d'accoucher de son enfant dans des douleurs indescriptibles, et que malheureusement aucun manuel de parentalité ne pourra l'aider.

2

Des funambules qui ne tombent pas

Ma mère, comme presque toutes les mamans du monde, m'a toujours répété : « Quand tu seras mère, tu comprendras ! »

Et quand je suis devenue mère, j'ai compris. J'ai compris ses yeux inquiets quand je rentrais au milieu de la nuit et qu'elle m'attendait en regardant sa montre. J'ai compris la cuisse de poulet qu'elle me servait à table pendant que son assiette à elle restait vide et qu'elle prétextait qu'elle n'avait pas faim. Je ne peux pas expliquer cet amour infini que je ressens, je n'ai pas les mots justes. Je peux simplement dire que regarder le ciel et entrer dans la mer n'ont plus la même saveur si les enfants ne sont pas avec moi. Ces deux-là redonnent un nom aux choses du monde. En fait, si la mer s'appelle comme ça, c'est parce que Bruno et Sofia s'y baignent. Moi, j'existe toujours, mais je suis devenue la meilleure part de moi-même. En devenant mère, j'ai compris quelles étaient mes priorités, je suis devenue la femme que je voulais être, je me suis reconnectée avec la mienne, de mère, et je me suis rapprochée de ma belle-sœur. Que ce soit bien clair : rien ne peut nous préparer à ça. Pas même les autres mamans.

J'ai lu au moins dix livres sur la parentalité pendant ma grossesse. J'étais convaincue de pouvoir découvrir les clés de la FAMILLE PARFAITE. Et j'y ai cru dur comme fer. J'ai cru que ma personnalité et mon ego allaient générer des enfants extraordinaires : les meilleurs. Et ils le sont, en effet, et comment ! Même si leur histoire n'est écrite dans aucun livre et que mon ego a été réduit en poussière. J'imaginais que le monde tournait autour de moi, que les gens faisaient ce que je voulais, répondaient à mes gestes et à mes pensées en suivant le chemin que j'avais tracé pour eux. Devenir mère, de Sofia d'abord, puis de Bruno, m'a appris à disparaître. Je ne suis plus le soleil, mais je suis devenue étoile, planète et trou noir.

J'ai appris à rester seule et à rechercher la compagnie de ceux que j'aime vraiment. Je suis désormais capable d'écouter et de me mettre à la place des autres. J'ai mis mon ego au service d'actions utiles. Je suis celle que j'étais destinée à devenir. Celui qui pense que les mères sont des saintes se trompe. Ce sont des êtres *borderline*, des funambules qui ne tombent pas. Et de là-haut, les petites contrariétés, toutes les choses insignifiantes glissent sur elles. Mais avant de trouver un équilibre imparfait, nous risquons pendant longtemps de nous égarer. D'ailleurs, nous nous perdons toutes, à un moment ou à un autre, jusqu'à en oublier notre propre nom. Nous estimons que c'est nécessaire, qu'il faut parfois se sacrifier sur l'autel d'un amour plus grand, et c'est comme ça. Posséder le souvenir de soi-même sera l'odeur de vérité que nos enfants garderont dans leur mémoire, comme celle du talc.

Je suis une maman *borderline*, en équilibre instable entre la douleur et la reconstruction. Une maman à qui la maladie d'un enfant rappelle qu'elle est une femme. Une mère qui a dû frapper avec ses poings ensanglantés sur son propre corps pour essayer de réveiller et de sauver chez elle ce qui pouvait l'être encore. Une mère criant son propre nom à chaque coup porté à la poitrine. Et quand la porte à l'intérieur d'elle-même s'est ouverte en grand et qu'elle a retrouvé et pris dans ses bras la femme qu'elle était avant, dans un frisson de joie, elle en a éprouvé de la honte. J'étais une femme pleine de rêves et je dois continuer à rêver, pour pouvoir offrir de la lumière à ceux que j'aime. Les mères ont peur de cela, elles se sentent honteuses. On leur répète qu'elles doivent passer après leur famille. Pourtant, avant de ranger les tiroirs de nos enfants, il faut apprendre à mettre de l'ordre dans nos propres affaires. Ce sont nos enfants qui l'exigent.

Les enfants, dans les moments heureux et malheureux, savent tirer le meilleur de l'être humain. Sofia et Bruno m'ont fait changer, chacun avec sa propre histoire. Accepter d'évoluer vers quelque chose de positif à cause de la maladie d'un enfant déclenche des nausées au début. Je hais la maladie de ma fille, je hais le syndrome de Rett, je le réduirais en morceaux si c'était une personne. Et je hais de toutes mes forces le médulloblastome qui a frappé mon fils en bonne santé. Mais c'est justement la douleur qui a fait de moi la plus forte des perdantes. Ma première victoire a été de reconnaître que, moi, j'étais en bonne santé, de constater, en me bourrant le ventre de coups, que c'étaient mes enfants les malades, et pas moi. Alors je dois sortir du lit et ancrer mes pieds dans le sol, parce que je suis tout ce qu'ils ont : une personne qui grâce à eux renomme le monde.

3

Les mères invisibles

J'ai un carnet dans mon sac. J'y note les moments où j'ai eu froid. On peut y lire ces lignes, soulignées au crayon : « Pas de conseil de classe prévu pour moi, c'est dommage, j'en aurais eu bien besoin. » Certaines personnes éprouvent la nécessité d'écrire ce qu'elles ressentent, d'avoir un lieu où consigner les émotions qui les assaillent, dans leur propre corps, à chaque fois que le monde extérieur les envahit. Moi, je n'assiste pas aux conseils de classe de Sofia. Daniela, sa maîtresse, m'y invite toujours. Elle met un mot dans le carnet de correspondance de Sofia ou elle glisse des papiers dans son sac à dos à paillettes. Mais je n'y vais plus. Le jour où j'ai cessé d'aller aux conseils de classe, j'ai espéré que quelqu'un s'apercevrait de mon absence. Je suis restée avec le téléphone à la main. Comme une amoureuse qui attend un message, j'ai attendu qu'on me rappelle à mon rôle de mère et de membre d'une petite communauté éducative. Le message n'est jamais arrivé. Si quelqu'un m'avait demandé mon avis sur les manuels et les feutres, j'aurais répondu, je me serais levée et, du haut de mon mètre soixante-quinze, j'aurais souri et conseillé des dictionnaires, des crayons parfaitement ergonomiques et des sorties scolaires à vous couper le souffle.

Si j'avais été présente aux réunions, j'aurais pu faire profiter les autres parents d'élèves de mon expérience d'enseignante, j'aurais pu dire ce que je sais et que je garde pour moi en changeant les couches de Sofia. J'aurais dit à voix haute ce que d'habitude je consigne sur des petits papiers, entre deux médicaments à administrer.

Puis je serais allée prendre un café avec les autres parents et nous aurions parlé des enseignants et de nos enfants. Parce que même quelqu'un comme moi a besoin de parler de la beauté de ses créatures. Si le message que j'attendais avait fini par arriver,

Sofia et moi aurions eu le sentiment d'appartenir à quelque chose, de nous incarner, et pas besoin pour cela de cahiers et de stylos. J'aurais pu raconter ses progrès avec sa nouvelle maîtresse extraordinaire, j'aurais pu leur dire qu'elle sourit tous les soirs quand je décroche sa photo de classe et que je nomme ses camarades, un par un. Je leur aurais avoué que Sofia est amoureuse de Claudio, enfin, à mon avis, car à chaque fois que je prononce son prénom son visage s'éclaire d'un sourire particulier. Si le message était arrivé, alors tous ces gens normaux auraient pu entrer sans peur dans mon monde, je les aurais pris par la main et je leur aurais appris à ne pas craindre les crises d'épilepsie et les pleurs de Sofia. Et peut-être qu'un jour, l'un d'entre eux lui aurait adressé une invitation pour un goûter entre amis ou même pour un anniversaire, sur une carte avec des fleurs imprimées en relief.

Mais mon téléphone est resté muet. Je me suis sentie offensée, comme quelqu'un qui se met sur son trente et un pour un rendez-vous et qui attend sous la pluie, en vain. Je suis, je l'admets, une amoureuse énervée et déçue. C'est pour cela que je déserte. Que je me rebelle. Que je fais la grève en silence. Personne ne s'en rend compte. Je souffre, et pour me retrouver je plonge dans la poésie, celle qui dit la douleur. Je lis encore et encore les tragédies de Shakespeare pour y rencontrer des amis, et je prends des notes, je relis les philosophes pour me débusquer, moi, dans leurs pensées, je chante *Caffè nero bollente* de Fiorella Mannoia comme si j'étais à une rave-party, je traduis tout ce que me fait lire Angelo, mon meilleur ami, mon dealer de textes étrangers. Je lui envoie un message en lui racontant ce qui me trotte dans la tête et il me fait traduire des auteurs que je ne connais pas, pour que j'y trouve des réponses. Je faisais la même chose avec ma sœur quand elle me demandait d'écrire à sa place les lettres pour ses amoureux.

Les écrits dans lesquels je me plonge disent tout de l'âme humaine, j'y reconnais mes émotions. Ce sont des maisons où j'entre pour me reposer. Mon carnet contient ma colère. Il me rappelle aussi qu'il existera toujours une autre version que la mienne. Une autre version qui explique pourquoi personne n'est venu à mon rendez-vous. Je glisse de mon carnet aux vers d'Emily Dickinson, qui parle si bien de ma mélancolie. Si j'avais découvert, enfant, que quelqu'un, quelque part dans le monde, avait déjà trouvé les mots pour nommer ce que je ressentais, je me serais emparée de ses phrases et je serais allée toquer à la porte de mon maître d'école : « Voilà, je ne lève jamais la main parce que je me sens comme ça, regardez, c'est écrit là, dans ce livre ! » Je lui aurais dit que le ruban noir que ma voisine de classe avait noué un matin dans ses cheveux me faisait peur. Elle venait de perdre son père et j'avais peur de perdre le mien. Mais les paroles me manquaient. À neuf ans, on ne parle pas de la mort.

Nous lisons et nous écrivons, pour vivre à travers les personnages, pour nous juger, nous absoudre et nous comprendre. Pour mettre des mots sur ce que la voix, tremblante d'émotions, ne parvient jamais à dire, pour parler de la vie et de la mort. Je pratique cela aussi avec mes enfants. Je ne sais pas ce que Sofia retient quand je récite le monologue où Ophélie dit son désespoir. Mais elle sourit toujours au même endroit :

Oh ! malheur à moi !
Avoir vu ce que j'ai vu,
et voir ce que je vois !

La mélancolie est en moi depuis toujours, je ressens la beauté et la laideur du monde comme une brûlure sur ma peau. C'est une sorte de pouvoir magique, mais qui ne me plaît pas toujours.

Je ressens la tristesse des autres, elle transparaît dans des gestes si infimes que personne ne s'en aperçoit jamais. Je parviens à éprouver le malaise d'un ami, la peur de vieillir que ressent mon père ou le besoin qu'a ma mère de parler du passé. Alors je les seconde, je me penche vers eux et je leur ouvre la voie de la parole. Il m'arrive parfois de parler à ma télé, de pleurer devant les informations, sur les accidents de la route qu'on aurait pu éviter et sur les enfants abusés qu'on aurait pu sauver.

Je crois que je suis née avec une âme sans carapace. J'ai parfois l'impression qu'on a oublié de me mettre une couverture. Il y a des courants d'air, je ressens des frissons même si le corps sous la neige n'est pas le mien. Je pèse toujours mes mots, même quand je crois avoir raison, pour ne pas blesser, ni me sentir blessée par tout ce qui peut jaillir de moi. Ce n'est pas de l'hypocrisie, ni de l'angélisme. C'est le contraire de la méchanceté, qu'on appelle parfois sincérité, en te la jetant au visage. C'est ressentir la vie des autres et chercher à comprendre ce qui les porte à agir, même mal. C'est jouir sans vergogne du bonheur d'autrui.

On m'a toujours affublée du même adjectif : enfant fragile, jeune fille fragile, femme fragile. Moi, je dirais plutôt *nue*. C'est vrai que je suis un peu bizarre. Mais je peux voir au-delà de la douleur. J'ai passé toute mon adolescence à avoir envie de mourir et à rendre fous mes parents et ma sœur. Quand je tombais amoureuse, l'amour que j'éprouvais était si débordant que je finissais toujours par faire des choses inconsidérées. J'ai vécu dans le mélodrame bien après l'adolescence. Et puis, un événement a eu lieu : j'ai compris que tout pouvait s'arrêter, brutalement, d'un jour à l'autre. Et j'ai ressenti une immense envie de vivre, alors que je traversais l'enfer. Mais je n'ai aucun mérite, je suis bien entourée. Je suis comme la femme avec l'enfant dans les bras au premier plan du *Quatrième État*, le tableau de Pellizza da Volpedo.

À côté de moi, il y a Mario, et derrière il y a tous ceux qui me donnent la force de me battre contre le destin ou simplement de l'accepter. Avant cet événement, avant cette image glorieuse, il y a eu les ténèbres. Et je m'y suis perdue. Nous y avons tous erré longtemps, parce que quand un enfant tombe malade, c'est toute la famille qui tombe malade. Le passé et le présent se figent. Il n'y a plus de mère, de grand-père, de tante, d'enfant, de cousin. On devient tous invisibles.

On ne s'habitue pas tout de suite à l'invisibilité. Moi, je ne m'y suis pas encore habituée. Avec Sofia, nous ne rentrons dans aucune catégorie mère-fille. Pendant très longtemps, je ne me suis sentie à ma place nulle part. Je ne fréquentais pas les écoles de danse ou de théâtre. Je ne papotais pas avec les autres mamans des maîtresses et des devoirs. Je ne fantasmais pas sur le prochain voyage en Angleterre ou sur tous ceux que ma fille entreprendrait quand elle serait plus grande. Sofia ne deviendra jamais grande et moi, je ne serai jamais la maman d'une fillette de neuf ans qui répète ses tables, de dix ans qui fait de la danse, de quinze qui a son premier copain, et de vingt qui part étudier à l'étranger. Je ne connaîtrai jamais les différentes étapes qui jalonnent l'existence et donnent le sentiment d'appartenir à un groupe. Un point c'est tout. Je n'ai pas ma place sur le banc du parc de jeux, où les autres parents font connaissance, parce que si Sofia est là, je n'ai pas une minute à moi. Je fais partie d'un groupe où les parents échangent frénétiquement des messages sur les devoirs sans que jamais personne ne se soucie de mes réactions. Sofia n'a pas de devoirs. En vérité, je n'ai pas vraiment de réactions. Je réussis quand même, à ma façon, à faire entrer le théâtre et la danse dans l'emploi du temps de Sofia. Et je fais moi aussi partie d'un groupe, celui des parents invisibles. Cependant, il m'arrive parfois de devoir régler mes comptes avec le fait que le monde normal gagne 10 à 0 contre celui des invisibles. Je le fais en silence, à Noël ou devant un gâteau d'anniversaire. Et, pour ne pas devenir complètement transparente, j'écris, je chante et je récite du théâtre toute seule chez moi, parce que l'art et la beauté toujours m'ont sauvée des ténèbres, et parce qu'ils sauvent aussi mes propres enfants.

4

Le mobile aux papillons

Les ténèbres m'ont entourée, juste au moment où j'ai ressenti le bonheur d'être mère.

Dans une des vidéos faites à la naissance de Sofia, on nous voit, Mario et moi, à la sortie de la maternité avec notre nouveau-né. La poussette choisie avec soin, le petit parasol pour protéger la peau délicate de notre enfant, la couverture en laine crochetée à la main par ma mère, le chapeau rose que ma grand-mère Ida a cousu avec délicatesse, le mobile aux papillons qui tourne sur un air de Beethoven. Un tableau parfait.

De retour à la maison, nous avons mesuré à quel point les bébés bouleversent la vie. Nous avons passé six mois à essayer de comprendre ce qui nous était arrivé. Nous débordions d'amour, et aussi d'égoïsme : nous ne voulions pas renoncer à retrouver nos amis, à aller à la mer à des heures impossibles, à sortir le soir ou tout simplement à manger une pizza avec le dos droit.

Ces premiers mois sans dormir, sans manger, sans sortir, ces premiers mois passés à prendre soin, à nourrir et à changer les couches auraient dû avoir une durée limitée. Naturellement. Ces mois-là durent encore aujourd'hui pour nous. À l'époque nous n'en savions rien. Comment aurions-nous pu l'imaginer ?

Un soir, sur le balcon de notre maison à Tarente, un an exactement après la naissance de Sofia, j'ai remercié le ciel, en accrochant les bodies avec des pinces à linge colorées. J'ai exprimé ma gratitude pour toute la beauté qui était entrée dans ma vie et pour la fin de cette journée épuisante. Je le fais encore aujourd'hui, le soir, quand les enfants sont au lit et que je profite du silence. J'éteins les lumières et je ne laisse que quelques petites lampes allumées. Tout semble paisible, dans cette maison refuge, quand mes enfants ont les yeux fermés et le corps détendu. Rien de grave ne peut arriver.

Ce soir-là, sur mon balcon, j'ai éprouvé une fatigue et un bonheur délicieux. Je me sentais heureuse avec mon poupon endormi dans son berceau tout en dentelle et mon mari, à qui nous manquions tant et qui nous attendait à Bruxelles où il travaillait. Il me parlait souvent de cette ville et de tout ce que nous y ferions ensemble. Il continuait d'acheter des bodies avec des inscriptions en français et des étranges poupées de chiffon, nommées « doudous », que je n'avais jamais vues auparavant. On parlait des écoles bilingues, des parcs immenses et d'une vie à trois au parfum d'aventure. J'avais hâte. Mario m'avait déjà inscrite à un cours de français sur place. J'allais avoir de nouveaux amis et je trouverais un groupe de théâtre pour ne pas renoncer à ma passion. Et puis le soir, je l'attendrais, on se cuisinerait je ne sais quoi, on mangerait devant la télé et puis on irait au lit, avec Sofia tout contre nous. Je visualisais même le halo des lampes derrière les fenêtres de notre immeuble Art déco, éclairant nos visages. Je fantasmais une vie de bohème, dans une maison meublée chez Ikea. J'ai souvent rêvé les yeux grands ouverts.

Une pince à linge à la main, j'ai essuyé mes larmes en pensant à Mario qui venait d'appeler, à ses mots d'amour, à Sofia qui grandissait, plus belle chaque jour, et commençait à parler et à jouer, à moi qui avais repris le métier d'enseignante et à nous trois, bientôt réunis à Bruxelles. J'avais offert une photo de Sofia et moi à Mario et j'y avais écrit : *Emmène-nous avec toi.* J'avais hésité un peu, par crainte de me séparer de mes proches, mais ma décision était prise : nous allions le rejoindre en Belgique ! Je me sentais prête. Là-bas, je gagnerais le triple comme enseignante et Sofia allait avoir tellement d'opportunités. Le soir tombait sur cette belle journée, si importante pour notre famille. J'aimerais tant la revivre. Ce sentiment de légèreté, l'enthousiasme, l'inconscience et l'amour qui inondent tout. Si nous savions à quel point les moments de bonheur sont un don, nous les vivrions avec plus d'intensité. Mais c'est la vie. Moi non plus, alors, je ne mesurais pas ma chance.

Quelques semaines après, j'ai préparé des valises géantes et j'ai embrassé en pleurant mes amis et ma famille, et puis Sofia et moi avons pris un avion pour la Belgique. Sofia avait treize mois.

Ça m'a pris un peu plus d'un mois pour organiser notre départ. Je crois avoir emmené dans mes bagages à la fois l'excitation de la nouveauté et la peur que Tarente, et tout ce que cette ville signifiait pour moi, me manque terriblement. Je n'avais pas tort. À peine deux ou trois promenades jusqu'à la Grand-Place et la mélancolie est arrivée au galop.

Chez moi, « la famille » est un concept extensible. La mienne comprend au moins vingt personnes. Je sais que c'est contraignant, qu'on devrait se suffire tous les trois. Mario, lui, répète souvent que nous sommes son monde entier. Il le dit, comme tous les hommes qui te souhaitent une bonne journée en partant au bureau et te retrouvent le soir, déjà en pyjama. C'est plus simple pour eux. Lui aussi a connu la mélancolie, à Bruxelles. Mais elle était atténuée par les longues journées de travail. Moi, j'avais du mal à soutenir une conversation en français, et quand je rencontrais des Belges, je passais le plus clair de mon temps à sourire et à hocher la tête. Le reste de mes journées, j'étais avec Sofia, qui ne dormait jamais, mais vraiment jamais, et j'ai ressenti très vite le besoin de m'entourer des femmes de ma famille et de mes amies.

Contrairement à la promesse que je m'étais faite, je n'ai pas repris le travail, ni le théâtre, afin de pouvoir me consacrer à mon enfant. J'étais seule, dans une ville magnifique, seule toute la journée avec Sofia qui pleurait souvent, refusait de dormir la nuit et qui jamais ne se comportait comme dans les livres sur la parentalité.

Quelque chose n'allait pas. J'ai commencé à avoir un mauvais pressentiment. Rester avec Sofia des journées entières a provoqué peu à peu en moi une étrange sensation de peur. Je me souviens que j'ai essayé de l'expliquer au téléphone à ma mère, et un soir à ma tante. Elles m'ont rassurée, la dépression touchait beaucoup de jeunes mamans. Et non, bien sûr, je ne devais pas envisager de rentrer en Italie sans mon mari, ça ne se faisait pas, même si je ne me sentais pas bien.

Et voilà, être à Bruxelles avec Sofia ne ressemblait pas du tout au conte de fées dont j'avais rêvé. Après la phrase « ils vécurent heureux et eurent beaucoup d'enfants », le prince retourne au travail et la princesse se retrouve seule entre les tétées et les couches.

J'alternais des jours avec et des jours sans. Des

jours où je me levais avec la conviction que tout allait rentrer dans l'ordre, que j'allais être forte même si je tombais de sommeil, même si nous ne parvenions plus vraiment à nous parler, Mario et moi. Nos conversations tournaient en boucle : j'exprimais mes angoisses et il me répondait une de ces phrases ternes qui avaient le don de me mettre en rogne : « Tu te focalises. Va prendre l'air. Sofia se porte à merveille. Tu es juste fatiguée. »

Le nœud du problème était toujours le même, tout était ma faute. Nous avions de la chance et moi, je gaspillais cette chance. C'est comme ça que s'insinue, entre les plis de la mélancolie, le sentiment de culpabilité. Tout ce qui arrivait était ma faute. C'est la mère qui accouche, c'est la mère qui devient le contour de sa créature, et c'est lourd à porter.

Les jours sans, qui devenaient de plus en plus nombreux, Sofia m'assaillait de ses bizarreries. Elle avait treize mois. Quelque chose n'allait plus du tout. Les autres enfants semblaient tous plus sveltes et plus grands qu'elle. Ils roulaient, rampaient ou trottaient quand elle parvenait difficilement à se mettre debout et à peine à faire un pas.

J'ai décidé d'aller voir un pédiatre. Dans la salle d'attente, j'ai observé une petite fille qui devait avoir son âge. Elle ne tenait pas en place, elle pointait tout du doigt, et sa mère l'accompagnait dans sa découverte du monde, nommant les objets, la laissant allumer et éteindre la lumière. Sofia était assise sur moi. Elle regardait autour d'elle, mais avec agitation, sans rien désigner, comme si les objets qui l'entouraient étaient des monstres inquiétants. Cela faisait quelques jours que je lisais au fond de ses yeux une impression d'effroi. Elle riait moins, elle cherchait ma présence, partout. Elle pleurait dans son berceau, jusqu'à ce que je la prenne dans les bras, et que je la porte dans notre lit. Là, elle se collait à moi et elle poussait de longs soupirs, comme pour me supplier de la garder contre moi pour toujours. Alors, je la gardais contre moi, agrippée, et je tâchais de faire obstacle à cette chose horrible que je percevais partout sur moi, dans la maison, dans la rue, à l'intérieur de Sofia.

C'était mon tour. Dans un français hésitant, j'ai tout expliqué au pédiatre et je lui ai demandé si le comportement de Sofia était étrange. Il m'a répondu : « Elle est comme elle est. » Je devais arrêter de la comparer aux autres enfants. Ainsi, tout était ma faute, à nouveau ! Je la voulais parfaite, sage, comme les autres enfants. J'en voulais trop, j'étais égoïste, anxieuse. Devant ce médecin, j'ai eu l'impression d'être plus stupide que jamais, j'étais défaillante, incapable d'être *simplement* une mère. Mais ce n'est simple pour personne d'être mère. C'est si complexe même que l'adjectif « simple » semble bien le moins adapté de tous. Pourtant, c'est parce qu'on nous rabâche que c'est simple, que nous renonçons à demander de l'aide. Être mère, c'est plus *dangereux* que *simple* pour la mère, mais il ne faut pas le dire trop fort.

Pendant une brève période, j'ai donc choisi de ne rien dire. Et les paroles qu'on retient se changent souvent en larmes.

J'observais. Partout, j'observais les enfants des autres et je sentais que j'avais besoin de réponses. La peur était devenue immense. J'étais dans une maison, perdue au cœur d'une forêt obscure. Les boiseries craquent et les hululements nocturnes se rapprochent.

C'est peut-être grâce à mon métier d'enseignante que j'ai vu cette chose imperceptible qui échappait à tout le monde. Avant de prendre la décision de rentrer en Italie, j'ai organisé à la maison un dîner avec les collègues de Mario. Sofia était allongée sur le tapis d'éveil bleu, décoré d'un arc-en-ciel. Autour d'elle, ses jouets préférés. Elle est restée là, toute la soirée, à nous regarder et à sourire, mais sans bouger ni jouer. Si nous passions à côté d'elle ou si quelqu'un s'accroupissait pour lui parler, alors elle se mettait à rire, mais toujours sans bouger. Elle ne tendait pas les bras, ne tirait pas les cheveux, ne faisait pas de câlins. Elle regardait juste. La jeune femme assise à côté de moi a dit que ses neveux ne seraient jamais restés ainsi en place. Ils auraient attrapé les serviettes de table, réclamé de la nourriture et de l'attention. Elle m'a dit que Sofia était sage. Une gentille petite fille.

Alors qu'en fait Sofia m'implorait de l'aider.

J'en ai parlé à Mario, lorsque tous les invités sont repartis. Je ne peux pas expliquer pourquoi un homme aussi intelligent et aimant n'a rien voulu voir. Certes, il m'a soutenue, m'a accompagnée d'un médecin à l'autre, mais sans conviction, à part celle de devoir m'aider, moi. Il me prenait dans ses bras, encore et encore, mais ce n'était jamais suffisant. Je ne pouvais y trouver de réconfort, pas tant que Mario, le médecin ou l'amie estimaient que c'était moi, et moi seule, qui éprouvais des difficultés passagères. Que j'étais un peu déprimée. La femme que je suis aujourd'hui les aurait tous envoyés balader. Mais j'étais fragile, depuis toujours. Une enfant fragile, une fille instable, une maman anxieuse. On assigne souvent les mères à ce rôle anxieux, cela fait partie de l'héritage culturel. Et avec l'anxiété vient le sentiment d'infériorité et d'inadéquation. Personne ne nous prépare à ressentir cela. Les grands-mères ont oublié, les bellesmères nous semblent menaçantes. Le mari décompresse après une journée de travail et on se retrouve seule, avec l'impression que quelque chose ne va pas. Dans la plupart des cas, l'inquiétude est liée à la dépression post-partum que personne ne prend au sérieux. Dans mon cas, il y avait vraiment quelque chose qui n'allait pas chez mon enfant.

Un jour, les yeux bleus de Sofia sont devenus fuyants, je ne parvenais plus à capter son regard. J'ai consulté deux autres pédiatres, mais ils n'ont rien détecté. L'un d'eux m'a dit que Sofia pourrait devenir danseuse, tant sa musculature était souple et se prêtait à tous les mouvements. En réalité, on appelle ça l'hyperlaxité, je le sais aujourd'hui, et ça n'a rien à voir avec la danse. Nous avons décidé de retourner à Tarente pour les vacances de Pâques. Je passais mes journées à pleurer, à chercher quelque chose que je ne trouvais pas. Je m'accusais de tous les maux. N'étais-je pas responsable de tous ces retards de développement ? Avec Mario, nous avons décidé que je devais rester en Italie. Reprendre le travail allait me faire du bien. Il est rentré à Bruxelles après les vacances, il revenait tous les week-ends. Moi, j'ai repris l'enseignement, laissant Sofia à ses grands-parents pendant la journée.

Je pensais à elle tout le temps et le soir je me précipitais à la maison avec impatience, en espérant à chaque fois m'être trompée. Mais la petite fille qui m'attendait à la maison ne courait jamais vers moi, ni ne me réclamait. Elle ne prononçait jamais en pleurant le mot « maman », ne me cherchait pas. J'étais une mère ratée. Parmi toutes les raisons que j'ai entendues pour expliquer ce détachement, aucune n'impliquait le père. Si Sofia était ainsi c'est parce que j'avais repris le travail ou parce que j'avais déménagé. La culpabilité, encore.

Ou peut-être à cause de médicaments pris pendant ma grossesse. La culpabilité, toujours.

En attendant, un mois à peine après notre retour, Sofia a recommencé à ne plus dormir la nuit. Elle ne dormait jamais et elle pouvait passer la journée à battre des bras comme un papillon en bougeant le torse dans tous les sens.

Parfois, elle se griffait le visage jusqu'à se faire saigner. Puis elle hurlait. Parce que les loups étaient entrés dans la maison.

Elle hurlait devant sa poupée préférée, devant mon visage qui venait quémander un câlin, devant Baloo, son ours en peluche. Elle ne touchait ni mon visage, ni sa poupée, ni son ours, mais elle se griffait jusqu'au sang. Elle ne roulait plus jusqu'à moi, dans le lit, et son « Maman » devenait chaque jour toujours plus inaudible. Un papillon qui retourne dans son cocon. Je la regardais avec la certitude que cette chose horrible que j'avais réussi à tenir à distance était désormais tapie dans chaque recoin de ma maison.

Je ne le savais pas encore, mais c'est à ce moment-là qu'elle est entrée en phase de régression. Elle a commencé à perdre toutes les aptitudes qu'elle avait acquises depuis sa naissance. Elle hurlait, de terreur, car une maladie inconnue était en train de lui lier les mains et les jambes, d'éteindre sa voix et de figer les muscles de son visage.

Un énième pédiatre m'a dit qu'elle était trop gâtée. Elle ne prenait plus sa poupée dans les bras parce qu'elle voulait que je la lui apporte moi-même. « C'est ce qui arrive quand on a des enfants après trente ans. Vous êtes une génération d'anxieux. » Cela m'a rendue folle. Et j'ai senti au téléphone que Mario commençait à avoir peur, lui aussi.

Et puis, un soir, alors qu'elle grignotait son jambon avec ses petits doigts, son regard s'est perdu dans le vide. Un court-circuit. Le lendemain, elle n'était plus capable de tenir normalement un biscuit dans ses mains. Elle le serrait tellement fort, qu'il était changé en bouillie bien avant d'atteindre sa bouche. Alors elle se mettait à pleurer, sans que les larmes ne coulent, avec sur la bouche comme un inquiétant sourire.

Les jours qui ont suivi ont été pour moi une longue agonie. Je savais qu'il me fallait chercher quelque chose, mais sans savoir où, ni comment.

Pendant ces jours-là, les autres aussi ont commencé à avoir peur. Nous parlions d'autisme entre nous, mais les autistes que j'avais connus par le biais de mon travail ne ressemblaient en rien à ma petite fille qui hurlait de désespoir. Un après-midi, nous avons sonné chez la doctoresse Zambetta, une femme bourrue et distante. J'ai failli me lever et partir. Mais elle m'a écoutée, sans pitié, avec attention. Elle était curieuse des détails. Je crois qu'elle avait un amour débordant pour les mères et leurs enfants. Et il lui a suffi de croiser un instant le regard de Sofia, pour évoquer avec moi un retard psychomoteur. Le monstre était là. Elle l'a débusqué. Un retard. Mais les retards se rattrapent, non? Il faut faire des examens à Rome. Des examens? Et en découvrir la cause. Comprendre et agir, agir, vite. Plus tôt on trouve et plus tôt on rattrape le retard. Donc on peut guérir? Il faut faire des examens génétiques, chercher, nommer le monstre. Si c'est l'autisme, nous l'affronterons. Si elle a mal quelque part, nous l'aiderons. Mais tout redeviendra comme avant? Est-ce qu'elle va mourir?

Avec Mario, nous étions comme deux balles de flipper, rebondissant à toute allure de question en question. Nous sommes partis à Rome faire les examens. Je crois que Mario tremblait plus que moi. C'est la première fois que mon amie Valeria, une sœur pour moi, m'a accueillie chez elle dans le quartier de Montespaccato, juste après le périphérique. Elle ne m'a plus abandonnée depuis. Valeria aux cheveux bouclés, madame je-sais-tout du cours de théâtre à qui j'empruntais le texte à apprendre et qui a fini par devenir aujourd'hui une des racines de mon arbre. C'est avec elle que j'apprenais à réciter Molière par cœur sans jamais m'ennuyer, c'est à elle que je confiais les histoires d'amour qui se nouaient et se dénouaient dans notre petite troupe de théâtre. Et c'est vers elle que je me suis tournée, dès que j'ai eu besoin d'aide. Elle était devenue technicienne de laboratoire à l'université de Rome. Elle n'allait pas me mentir, et elle ne l'a jamais fait. Quand je me suis brisée devant elle, elle m'a aidée à rassembler les morceaux, sans répandre de larmes. Et elle a encaissé le fait de m'avoir annoncé, elle et les médecins avec lesquels elle travaille, les deux diagnostics qui ont bouleversé mon existence.

Pendant ce temps, Bruno venait d'éclore en moi.

5

Le jour de notre destin brisé

Le 11 juillet 2011, on m'a téléphoné de Rome. J'aimerais revenir en arrière. Dire à celle qui s'avance vers le téléphone de ne pas décrocher. De ne pas bouger et de profiter de ces derniers instants où tout semblait encore possible. J'étais de retour à Tarente, après les examens. Nous attendions les résultats. Sofia avait un an et demi ; dix-sept mois très exactement. Mario, malheureusement, avait dû repartir pour Bruxelles, et moi je ne parvenais pas à m'ôter de la tête toutes ces maladies évoquées pendant le séjour à l'hôpital, ni les examens génétiques consignés dans notre dossier. Ma mère m'avait appelée plus tôt dans la journée et elle m'avait presque obligée à sortir : « Allez et ne reste pas là à pleurer, *va donc chez le coiffeur.* » C'est sa manière de me dire de prendre soin de moi.

Une semaine s'était écoulée depuis l'hospitalisation à Rome. Un ami nous avait prêté sa voiture. Les grands-parents nous avaient donné de l'argent et nos amis du courage. La semaine que nous avions passée à Rome nous avait plongés dans un monde de maladies inconnues. C'est là que j'ai commencé à changer, j'en suis sûre. Le jour où ils ont prélevé du liquide céphalo-rachidien à Sofia, à ma toute petite fille, à mon ange. Le jour du premier prélèvement. Le jour où pour la première fois les médecins se sont approchés d'elle. Où, inconsciemment, j'ai dissimulé ma douleur en posant sur mon visage un masque joyeux. Des sourires pour la faire sourire, elle. Les maladies du métabolisme ou celles liées à l'accouchement ont été écartées rapidement. Nous étions soulagés, mais je sais aujourd'hui que ces maladies auraient été un moindre mal. Avec Mario, il nous est déjà arrivé de dire en plaisantant, avec le second degré que ces années tortueuses nous ont permis de développer, que la trisomie 21 aurait été une promenade de santé. Rien à voir avec ce monstre de Rett.

J'étais donc chez le coiffeur. J'attendais un dernier appel de Rome. Assise à côté de mon amie Antonella, je répétais que c'était impossible que Sofia souffre du syndrome de Rett. J'avais fait des recherches. Les enfants atteints de cette maladie ne parlent pas et ne marchent pas. Ils ne se servent pas de leurs mains, ni des muscles de leur visage. Non, c'était impossible ! Sofia chantait encore parfois et elle riait et pleurait. Non, vraiment ! J'en aurais mis ma main à couper.

Quand le téléphone a sonné, j'ai demandé à la coiffeuse de me laisser répondre. J'étais enceinte de Bruno de trois mois. Je n'ai entendu que les premiers mots du médecin. « Malheureusement, madame… » Et je me suis effondrée. Je ne sais pas bien ce que les autres personnes autour de moi ont vu à ce moment-là. Du désespoir, sans doute. Antonella m'a prise par la main. Je lui ai dit que Sofia ne me parlerait bientôt plus jamais. J'ai commencé à marcher en long et en large dans le salon de coiffure en serrant mon téléphone. Je pleurais et je parlais toute seule. Je devais annoncer l'horrible nouvelle et je ne savais pas par qui commencer. Foudroyer ma sœur enceinte de neuf mois ou mon père ? Ma mère ? Non. Prends ton temps, je me suis dit. Elle est trop fragile. J'ai donc appelé Mario et puis mon beau-frère Daniele. Peu de mots, de longs silences. C'est comme si je les voyais, de l'autre côté du téléphone, alors qu'ils se mettaient à pleurer. Je pouvais les entendre, après avoir raccroché. Mon père est venu me chercher. Il m'a serrée fort dans ses bras. Je lui ai demandé une cigarette et il m'a répondu que ce n'était pas bon pour moi. Il essayait de me protéger. Les parents essaient toujours.

Nous avons pleuré pendant tout le trajet jusqu'à la maison de campagne de Martina Franca, où nous passions l'été tous ensemble. Il y avait du soleil, ce soleil éclatant de juillet, et il y avait des grillons. Des coquelicots partout, des taches rouges éparses comme dans un tableau. Dans la maison, des bruits de vaisselle, puis de pas qui viennent à ma rencontre. J'avais fait promettre à Daniele de ne rien dire encore à ma sœur, mais mon visage a parlé pour moi. Rien n'avait changé depuis le matin. Tout était là, le soleil, les pins, les cigales, le four à bois, le hamac et les balançoires. Pourtant, devant les larmes de ma sœur et les sanglots profonds de ma mère, j'ai senti jusque sur ma peau le monde s'écrouler tout autour. La maison aux rideaux brodés en lin a été engloutie. Et puis une pensée. Sofia qui dort. Sofia, là, à l'intérieur. Ce qui est étrange quand un enfant tombe malade, c'est que nous tombons tous malades, sauf lui. Il ne sait pas qu'il est malade. C'est là que la tragédie devient une farce : quand un enfant tombe malade, et que c'est ton enfant, tu n'as pas le droit de t'évanouir, de dormir pendant des jours, de pleurer et de cesser de vivre. Sofia était là. Avec ses yeux immenses. Je l'ai prise dans mes bras et nous sommes parties en promenade. Nous avons cueilli des figues sur l'arbre et nous les avons mangées. Tout simplement, comme avant. Nous nous sommes baignées dans la petite piscine gonflable et mon amie Ester est venue me prendre dans ses bras, sans rien dire. Cette journée a brisé notre destin, mais nous l'avons vécue comme si de rien n'était.

Quand mes oncles, tantes et cousins sont arrivés, le visage pâle, je me suis isolée. Le monde entier avait les yeux rivés sur moi. Allongée dans le hamac, j'ai essayé de comprendre.

Le soir, Mario est rentré de Bruxelles. Le visage bouleversé, il m'a regardée un bref instant et il s'est précipité dans la chambre où Sofia dormait. J'étais dehors, sous le ciel immense de la campagne. Je ne pensais plus à rien, assise sur l'escalier en pierre que mon père avait construit. C'est sur ces marches que Mario m'avait demandé de l'épouser. Mon cousin Gianfranco avait sorti sa guitare et mes amis, cachés dans l'obscurité, avaient entonné une sérénade, rien que pour moi. Il y avait les amis de Mario, son « enclos », comme il dit, qui l'accompagne depuis le lycée, et il y avait mes amies pour toujours. Ce jour où nous avons appris le diagnostic a transformé aussi leur perception de la vie. « Pour nous, tout a changé avec la maladie de Sofia », a eu le courage de me dire Marco, la tête basse. Le meilleur ami de Mario est un garçon introverti, qui semble ombrageux, irascible, distant. Il joue les durs, pour se protéger. Il a toujours été là, sans s'en vanter, aux côtés de son ami, aux côtés de l'amoureuse de son ami, puis aux côtés de Sofia.

Le souvenir de cette soirée – l'allégresse, la sérénade, l'excitation – était sali par la peur. J'étais incapable d'entrer dans la chambre de Sofia. Et quand Mario est venu s'asseoir à côté de moi, je lui ai dit dans un souffle : « Tout est fini. »

Il m'a répondu : « Rien n'est fini. »

Il m'a pris la main et nous sommes restés silencieux, sous les étoiles.

6

Un point qui en vaut cent

Le diagnostic est un abandon. Après, plus rien. Le médecin fait son diagnostic et puis c'est fini. Enfin, ça s'est passé comme ça pour nous. Il n'y a pas de guide, personne ne vient nous prendre par la main. Il n'existe aucun spécialiste pour nous accompagner tout au long de notre nouvelle vie. Il y a seulement le syndrome de Rett, et puis il y a toi. Tu n'as pas changé, tu es exactement comme la veille. Et pourtant tu ne sais plus comment mettre un pied devant l'autre. Tout autour, des gens terrifiés et pétrifiés, comme toi. Alors tu rappelles le médecin, une, deux, trois, quatre fois et il te répète qu'il n'y a rien à faire. Aucun remède pour cette maladie-là. Tu raccroches et tu continues à regarder autour de toi.

Ma fille souffre d'une maladie dégénérative grave et je ne peux rien y faire. Une petite mutation d'un gène appelé MECP2 qui provoque une pathologie progressive du développement neurologique et qui touche 1 enfant sur 10 000. Et c'est tombé sur elle. C'est le hasard, nous a dit le médecin. La faute à pas de chance. Nous avons gagné au loto de la déveine. Une maladie dégénérative qui va bientôt tout nous voler, et moi, je devrais rester là à attendre ! C'est inenvisageable. Si elle a de la fièvre, je vais chez le pédiatre. Si elle tombe et se casse la jambe, on lui met un plâtre. Mais si elle souffre d'un handicap ? Je m'adresse à qui ? Je fais quoi ? On fait quoi, Mario ? Ça veut dire quoi ? Elle va pouvoir aller à l'école ? Marcher ? Continuer à parler ? Elle parle aujourd'hui, est-ce que ça veut dire qu'elle a une forme légère du syndrome ? Des montagnes de questions sans réponse. Pendant que tu es au fond du gouffre et que tu continues à creuser, parce que tu veux te sauver et la sauver, tu rencontres les autres parents. Les mamans et les papas, les oncles, les tantes et les grands-parents d'autres enfants malades. Ils m'ont offert immédiatement un soutien et abreuvée de leurs connaissances inépuisables sur le syndrome. L'espérance ne les abandonne jamais. Et puis il y a aussi les médecins, ceux qui, à n'importe quel prix, partout dans le monde, cherchent un remède. On découvrira un remède un jour, les chercheurs en sont sûrs : ils ont déjà réussi à l'expérimenter sur des cobayes de laboratoire et à les guérir complètement. L'expérimenter sur l'homme, cependant, requiert encore un effort scientifique mais aussi économique considérable, que seules les familles ont pour l'instant pris en charge. Il y a trop peu d'enfants malades dans le monde, trop peu de « cas ». Pour le secteur pharmaceutique, l'investissement ne serait pas rentable. Ce sont donc les parents qui récoltent des fonds pour la recherche. Des parents à genoux qui accomplissent l'impensable.

Une semaine après le diagnostic, j'ai composé le numéro de Lucia Dovigo Dell'Oro, présidente de l'Airett et maman d'une petite fille atteinte du syndrome de Rett. Avec Mario, nous avions trouvé son numéro par hasard. Ce coup de fil m'a fait comprendre que ça allait être très dur, mais que la vie continuerait néanmoins.

J'avais fait une énième recherche sur Google, bien que Mario m'ait suppliée d'arrêter – il avait cherché avant moi. Il savait. J'ai trouvé des images et des vidéos de petites filles avec le syndrome, toutes en fauteuil roulant, ou presque. Un visage magnifique, mais étrange, tiré, les lèvres serrées. À chaque fois, le pronostic était malheureux. Le tunnel était sans issue. J'ai lu beaucoup de témoignages. L'un d'entre eux m'a marquée tout particulièrement : la mère y racontait que sa fille avait connu une régression soudaine, comme si on lui avait éteint le cerveau à l'improviste. Elle était en train de jouer à cache-cache, quand ses parents se sont rendu compte qu'elle n'arrivait plus à sortir de sa cachette, un arbre, contre lequel elle venait buter. Lucia aussi m'a raconté l'histoire de sa fille. Elle m'a envoyé une vidéo que j'ai regardée, en me cachant à moitié les yeux, comme devant un film d'horreur. On y voyait sa fille, qui hurlait et pleurait, en heurtant les murs de sa chambre dont elle ne trouvait plus la sortie. C'est la première phase de la maladie. Il y en a quatre en tout. Elles varient en durée et en intensité selon les fillettes, car, oui, c'est une maladie qui touche presque exclusivement les enfants de sexe féminin et leur chromosome X en plus. Nous étions dans la première phase, celle où l'enfant perd son intérêt pour les autres et le monde. Ce n'était qu'un début.

Les phases suivantes ressemblaient à des sortilèges formulés au-dessus d'un chaudron bouillant par une ombre maléfique et conçus pour torturer. *Perte des capacités acquises*, *disparition du langage*, c'est un morceau de nous qui est jeté dans la marmite, *disparition de l'usage fonctionnel des mains*, *déambulation instable*, *anomalies respiratoires*, et l'air autour de nous se raréfie aussi, *grincement des dents*, *tremblements*, *apraxie*, nous nous perdons à notre tour, *troubles du sommeil*, *crises d'épilepsie*, *troubles de la déglutition*, *nervosité*, *agitation*, *scolioses graves*, et voilà que je supplie le syndrome de m'emporter moi, à sa place. Imaginez les symptômes de l'autisme, de la maladie de Parkinson, de la paralysie cérébrale, de l'épilepsie, le tout enfermé dans un tout petit corps d'enfant, et vous comprendrez pourquoi j'ai pu souhaiter la mort de ma fille, ou la mienne. Tout plutôt que de la voir bouillir dans le chaudron de la souffrance.

Au téléphone avec Lucia, j'ai perdu mon souffle. Elle m'a prise par la main pour m'accompagner vers un autre endroit : celui des possibilités. Ces petites filles comprennent tout, m'a-t-elle dit, et nous, on peut faire beaucoup pour elles. Elles peuvent avoir une vie heureuse, si nous le voulons. Et moi, je le voulais. Je voulais que la Rett meure, et pas ma fille aux yeux couleur du ciel.

Sofia n'était qu'au début de la régression. Elle continuait de m'appeler maman et de peindre avec ses doigts. Deux mois encore et elle aurait tout perdu. Entre les cris, les nuits d'insomnie et les crises d'épilepsie, la sorcière Rett commençait à réclamer son dû. Si on me regarde aujourd'hui, on voit une femme forte. Dommage que vous ne puissiez voir tout le chemin parcouru, pieds nus sur des charbons ardents. On accepte la maladie en même temps qu'on se forge une armure pour la combattre. La Rett gagne presque à tous les coups. Mais quand c'est moi qui gagne, alors c'est différent : quand je remporte une bataille, Sofia triomphe aussi, et avec elle triomphent l'amour, la force, l'engagement, l'application et l'amitié. Mon point, il en vaut cent.

7

L'enfant de la lune

La pierre résiste au temps. La pierre résiste à la pluie, au vent, au froid. Elle résiste au passage des ouragans. La pierre contient le passé, elle l'incorpore, le fait sien. Ainsi, sur certains murs, en plein cœur des régions montagneuses, on trouve le souvenir de la mer dans un fossile de coquillage. Ainsi nous retraçons, entre les cimes enneigées, l'histoire d'un mollusque et de sa coquille. La maison aussi sait résister au temps. Elle nous parle de ce qu'elle portait en elle, qui n'existe plus mais dont elle conserve l'empreinte éternellement.

La maison de campagne de mes parents est un fossile. Chaque mur renferme l'histoire de ce que nous avons été et de ce que nous sommes devenus.

C'est ma vraie maison, la demeure de mon être. Le lieu dans lequel je veux revenir, chaque année, chaque été. Parce que, quand je descends de voiture, les bras chargés de bagages, et que j'ouvre le portillon vert, je sais que c'est moi que je viens retrouver, à la première bouffée d'air que j'inspire.

C'est une petite maison, immergée dans la verdure, au cœur des Pouilles. Une arche en pierre nous accueille, une cheminée nous réchauffe. Le bois des fenêtres dit les mains de mon père, le coton des couvre-lits brodés a le parfum de ma mère et de ma grand-mère. L'une en face de l'autre, je les vois qui tendent et plient les draps en rythme. Le mur de la cuisine est couvert de casseroles en cuivre de toutes tailles. Des grappes de tomates sèches sont suspendues au plafond, au-dessus du poêle à bois. Par la fenêtre ronde, on aperçoit le four. Et déjà se répand la chaude odeur du pain, des *friselle** et des pizzas. Et si on tend l'oreille, montent autour du feu les bavardages des adultes

* Tranches de pain garnies de tomates, plat du Sud de l'Italie. *(Toutes les notes sont de la traductrice.)*

mêlés à nos cris d'enfants, « un, deux, trois, cachés ou pas, j'arrive ».

Dans le buffet, les assiettes sont en céramique de Grottaglie. Un coq orne leur pourtour. Au village, tout le monde possède des coqs, des poules et des potagers. Nous aussi, nous en avions. Des murets en pierre délimitent les terrains. Ils sont assez bas pour pouvoir regarder chez les uns et les autres et appeler les voisins. Ici, chaque famille construisait son hameau, un ensemble de *trulli** et de maisons bâtis au même moment par des sœurs, des beaux-frères, des amis, qui souhaitaient rester proches. Au village, nous étions tous cousins, parce que les adultes étaient pour nous des oncles et des tantes, même quand nous n'étions pas du même sang.

Le jour des grandes vacances, nous jetions nos cartables dans un coin et nous partions nous installer jusqu'en septembre à Franzullo, commune de Martina Franca. Tous, même les grands-parents. Notre bicyclette nous attendait, et si par hasard une chaîne cassait, on terminait la route debout sur le porte-bagages de quelqu'un. Personne n'avait le

---

* Habitat rural en pierre, des Pouilles.

même âge. Mes cousins étaient les plus grands, ensuite c'était ma sœur Francesca et moi. Le matin, ma grand-mère nous préparait du pain et des figues. Et puis nous disparaissions jusqu'à l'heure du déjeuner. Les jours ne se ressemblaient pas. Il nous en fallait peu pour vivre des aventures extraordinaires. Courir entre les poules affamées qui mordaient comme des chiens enragés. Dévaler une pente escarpée en lâchant les freins et les pédales. Atteindre la branche la plus haute d'un arbre. Et s'il pleuvait, c'était encore mieux : nous attrapions nos bottes en caoutchouc et nous filions à bicyclette à la recherche de limaces et de pierres brillantes. Les lendemains de jours pluvieux, nous installions notre marché de pierres précieuses. J'étais toujours la dernière de notre caravane de bicyclettes. Mon cousin Gianfranco n'en ratait pas une pour se moquer de moi. Il prenait mon vélo et me laissait seule sous la pluie. Ou bien il me criait « les sorcières ! » devant le *trullo* brûlé qui se trouvait sur le chemin de la maison. Nous étions toujours ensemble, lui et moi. Je le suivais quand il partait retrouver son ami Michele et ses trois sœurs, dans une maison près de la forêt. Je les regardais démonter et remonter les vélos, jouer de la guitare ou lancer des cailloux sur les lézards. C'était mon idole. Comme tous ceux que je côtoyais là-bas. Même les jeunes Canadiennes qui venaient y passer leur été. Après la pause du déjeuner, nous nous jetions sur les hamacs, dans la chaleur étouffante et le chant étourdissant des cigales. Et puis nous recommencions à jouer. Si Elvira, la petite fille du bout de la rue, était là, nous sortions les cartes et d'étranges jeux de société. Nos parents préparaient le goûter à tour de rôle et nous les entendions soudain hurler nos prénoms, pour nous appeler. C'est ma tante Dina qui proposait le meilleur des goûters : elle faisait frire des beignets qu'elle fourrait de crème brûlante. Ma mère préparait souvent un gâteau roulé au chocolat et ma tante Ersilia de la glace. Le soir, on grillait les saucisses typiques de la région ou on enfournait des pizzas. Ma grand-mère mettait tout à frire, absolument tout. On mangeait sur de grandes tablées. À la fin du repas, les enfants se poursuivaient en se lançant des morceaux de pastèque. Les adultes branchaient le tourne-disque et dansaient. Ou alors ils prenaient grand-mère par le bras et ils partaient faire un tour, en chantant toujours les mêmes chansons. *Bella ciao* ouvrait la promenade. Il fallait la connaître. Ensuite venait *Generale* de De Gregori. Nous continuions à jouer, même quand nos parents rentraient se coucher, parce que personne ne pouvait nous faire du mal, pas même la nuit.

Le hameau a toujours été une zone franche. On y redevenait chaque année ce qu'on avait toujours voulu être. Mon père retirait son bleu de travail des aciéries Ilva et il devenait jardinier. Ma mère et mes tantes devenaient couturières et artistes peintres. Et nous nous transformions en sauvages. La nature nous servait de maîtresse. Les maisons sont des limbes. Elles te regardent d'abord, puis elles te demandent ce que tu veux être. Nous voulons redevenir un enfant. Nous désirons tous cela, parce que les enfants sont heureux.

Les événements de ma vie semblent avoir été agencés par un sadique qui a décidé de me priver de tout ce qui me procure un sentiment de sécurité. Je me sens parfois comme un rat de laboratoire, observé à travers une vitre et qu'on essaierait de rendre fou. Sans la voix de ma fille, sans ses caresses, sans ma terre. Pour soigner Sofia, nous avons dû déménager et tout laisser derrière nous. Chacun possède un coin de paradis. Le mien est fait de napperons crochetés, de voilages de coton qui se balancent au gré du vent, de soleil chaud et de pierre dure. Je sais que je parviendrai à aménager le hameau de Franzullo pour l'adapter à mes enfants handicapés. Le diagnostic est certes un abandon, mais nos rêves sont vivants et ils nous soutiennent.

Mario est immédiatement tombé amoureux de cet endroit. C'est parce qu'il est tombé amoureux de moi et que j'ai le parfum de la campagne. Lui aussi a vécu ce genre d'enfance, mais plus loin, en Calabre, et lui aussi rêvait de voir nos enfants sauter du plus haut muret de pierres sèches. C'est pour cela que nous nous battons. Votre fille ne jouera plus, ne montera jamais à bicyclette, ne sautera pas à pieds joints dans les flaques de boue. Tout ça est écrit dans le diagnostic. Mais nous, nous construisons et nous inventons de nouvelles bicyclettes, de nouvelles façons de jouer à cache-cache, de nouvelles balançoires. Nous devenons pour toujours ses bras, ses mains, ses jambes, son monde tout entier.

Le soir, à la campagne, nous regardons les étoiles. Tous les soirs, sans exception. Mon père éteint les lumières et nous voici silencieux, le nez en l'air. Quand nous étions petits, nous inventions des histoires de fantômes et d'extraterrestres. On ne peut pas perdre ce ciel à cause d'une maladie. On ne peut pas baisser la tête et faire comme s'il ne signifiait rien.

En me rappelant ces soirées de mon enfance, j'ai inventé une histoire. Sofia avait alors cinq ans et Bruno et sa cousine Vittoria en avaient trois. Ils ne cessaient de me poser des questions : Pourquoi elle ne parle pas ? Pourquoi elle ne marche pas ? Michela, la fille des voisins, qui escaladait chaque jour le muret entre nos deux maisons, avait les mêmes questions. En vérité, Sofia aussi me regardait. Elle aussi voulait savoir.

Les jeunes enfants ont besoin de contes. Un soir, alors que j'avais le nez dans le ciel étoilé de Franzullo, m'est venue l'histoire de *La Petite Fille de la lune*. La maison a fait de moi une conteuse.

« Sofia vient de la lune, ai-je dit, elle est arrivée dans mon ventre, directement de là-haut. Elle m'a choisie. C'est pour cela qu'elle ne parle pas et qu'elle ne marche pas. Là-bas, on parle une autre langue et on vole. Ici, elle a besoin de notre aide et nous communiquons à l'aide de symboles, afin qu'elle puisse comprendre notre monde. En fait, moi je peux parler avec la lune, ou avec elle, ou avec une étoile.

— Je ne te crois pas, a dit Bruno.

— Alors, nous allons tous nous prendre par la main, même Sofia, et nous allons répéter ensemble cette comptine. »

J'avais entendu ces paroles dans un film et je les ai récitées comme un poème. J'ai prononcé la première strophe et ils l'ont répétée d'une traite, en se serrant fort les mains, de leurs voix d'enfants convaincus qu'il puisse exister un monde lunaire.

Étoile brillante
Étoile légère
Dans les cieux ce soir, étoile première
Je serais heureux
Tu serais heureuse
Si tu me donnais ce que j'espère

Les enfants ouvraient de grands yeux sur moi. J'avais gardé mes paupières fermées, comme si j'étais en train de recevoir le message secret des étoiles. Ce fut un moment suspendu.

« Ça y est, la lune m'a parlé.

— Elle t'a dit quoi, tata ?

— Elle vous remercie pour toutes les caresses que vous faites à Sofia et elle vous envoie un cadeau.

— Où ça ? »

J'ai fermé les yeux de nouveau et j'ai inventé un message codé, une devinette qui les mènerait jusqu'au poêle à bois où j'avais caché des chocolats. Les enfants se sont levés pour se mettre à courir, mais ils n'ont pas voulu lâcher la main de Sofia. Nous avons ri, ma sœur et moi. L'émerveillement des enfants quand ils ont trouvé les chocolats exactement à l'endroit que la lune avait indiqué a fait le reste.

Depuis, les enfants ont grandi, mais chaque soir d'été ils me demandent de redevenir magicienne et ils courent chercher Sofia. Avec Daniele, mon beau-frère, on cache des bonbons dans les endroits les plus inattendus. Le groupe d'enfants s'est agrandi au fil des ans. Luca est arrivé, et avec lui d'autres enfants de nos amis. Tous connaissent l'histoire de la petite fille de la lune. Tous font l'expérience de la magie, même les plus grands qui n'y croient pas. Car une part de nous-même refuse d'oublier certaines sensations. Je suis sûre, par exemple, que la Befana* n'existe pas, mais quand ma mère et mon père remplissent ma chaussette de sucreries dans la nuit du 6 janvier, j'éprouve un frisson, encore aujourd'hui.

---

* La Befana est une figure du folklore italien.

8

Une âme douce

La maison de campagne a été dessinée par ma mère et construite par mon père. J'ai hérité de mon grand-père paternel mon envie de toujours bouger, déplacer, inventer. J'aime inventer. Cette prédisposition m'a aidée avec Sofia. J'ai créé pour elle des jeux sur mesure avec l'aide de Mario. Ma mère m'a transmis l'amour de l'art, qui court dans les veines de toute la famille. J'adorais ma tante Ersilia et ses tableaux. Elle nous a quittés trop vite. J'aime la grâce de ma tante Dina et sa passion pour les antiquités. Du côté de mon père, je regarde toujours avec stupéfaction sa capacité à réparer les choses ou à en fabriquer de nouvelles.

Sur les murs enduits à la chaux de la salle à manger, il y a une photo de moi. Mes cheveux moutonnent, je semble toute petite au milieu de mes cousins. Nous sommes assis au pied d'un arbre immense, un rayon de soleil nous réchauffe les épaules. Cette photo a dû être prise un après-midi d'été. Quelqu'un nous a demandé de rester immobiles, allez juste un instant ! Cette photo respire. Tous ces enfants ont connu des destins différents. L'un d'eux est mort. Et puis juste à côté, sur une autre photo, on me voit souriante, entourée de mes propres enfants et de mes neveux, sur le chemin de terre qui mène à la petite église. Ces enfants-là aussi connaîtront des destins impénétrables. Quand j'observe cette photo, je sais que rien n'est écrit d'avance, pas même la maladie. Je vois cinq enfants. Ils ont posé leurs bicyclettes, y compris le vélo adapté de Sofia et celui de Bruno avec ses petites roues géantes. Le soleil se couche dans leur dos. Le diagnostic ne doit jamais être un destin tout tracé. Ces enfants ont le droit de vivre leur propre vie. Ils doivent bousculer les consciences. Pas d'improvisation avec eux, mais de l'analyse, des efforts, de la passion. Sofia ne pourra jamais jouer à cache-cache, c'est vrai. Mais il me faudrait ajouter : elle ne pourra jamais jouer à cache-cache *sans notre aide.* Nos bras sont forts aujourd'hui, nous pouvons la transporter entre les pins, derrière les troncs. Un jour, nos bras deviendront faibles. La poulie pour hisser Sofia entre les branches ne suffira plus. Alors, peut-être que nous nous contenterons de nous asseoir et d'écouter les cigales.

Le chemin où nous nous retrouvions chaque été est aujourd'hui bordé de maisons cadenassées et de jardins en friche. Voilà ce qui arrive quand les enfants émigrent pour chercher du travail. Mais une semaine par an, à cheval sur juillet et août, les *trulli* entourés d'oliviers reprennent vie. Les Canadiennes reviennent, c'est ainsi que nous continuons de les appeler. Et Elvira aussi revient. Quand je retrouve Francesca, nous redevenons petites filles et nous partons à la recherche des portails ouverts, à la recherche du passé que nos souvenirs communs et nos gestes semblables à ceux de notre mère et de notre grand-mère font revivre. Nous nous asseyons souvent avec nos amies d'enfance et nous nous rappelons nos treize ans, nos quinze ans. Quand nous commencions à vivre la campagne d'une autre manière. Nous étions toujours à vélo, mais faire la course n'importait plus. Il y avait aussi les premières mobylettes, les longues conversations sur les chanteurs préférés et les premiers couples d'amoureux qui échangeaient des baisers dans l'obscurité, assis sur les murets en pierres sèches. Jamais ma fille ne vivra cela. Elle deviendra adolescente, sans être une adolescente, je le sais. Je n'aurai jamais de tête-à-tête avec elle et je n'aurai jamais à lui arracher la promesse qu'elle rentrera avant onze heures du soir. La maladie nous a dépossédées, Sofia et moi. C'est douloureux. Pourtant, je suis convaincue que quand Sofia deviendra adolescente, elle trouvera les moyens de se rebeller contre moi. Peut-être en grinçant des dents ou en refusant de s'alimenter. Ce sera comme quand elle m'a pris la main, sans bouger. Comme quand elle m'a pris la main en posant sur moi un simple regard. Il y a une signification profonde à tout ce qu'elle fait. Elle est vivante, elle est là. J'aimerais que tous la voient.

Certains pensent que Sofia n'est pas vraiment vivante. Qu'elle respire et puis c'est tout. Une fois, quelqu'un a même essayé de me réconforter en disant qu'au moins elle vivrait peu. On entend souvent cette phrase, prononcée avec compassion, quand on enterre une de ces petites filles. C'est mieux ainsi, dit-on aux parents. Mieux qu'elle soit morte vite. Comme si dans le handicap, être fille, mère, père, frère n'avait plus aucun sens. Comme si la maladie te dépossédait aussi de ton droit à la souffrance. J'aimerais montrer à quel point une famille comme la mienne est vivante. Ce qui ne vous coûte aucune fatigue engage chez nous chaque cellule de notre corps, et pourtant nous sommes plus vivants que jamais. Plus présents. Plus impliqués chaque jour à rendre visibles nos enfants. Ma fille ne bouge aucun muscle volontairement mais elle aime la danse. Elle ne parle pas mais elle aime les vers et les rimes. Elle ne chante pas mais elle sourit si on chante. C'est une âme douce, sensible à la beauté qui l'entoure. Et moi je veux l'entourer de beauté. Je ne suis pas une sainte et j'ai mes heures sombres. Mes enfants me rendent meilleure que celle que je suis en réalité. Ce sont eux qui permettent à mon corps de supporter l'absence de repos, la fatigue physique, la douleur de ce qui n'adviendra jamais. Ce sont eux qui me permettent de retrouver l'enfant que j'étais.

9

Deux univers, une étoile en commun

Mon passage de petite fille fragile à adolescente rebelle a déconcerté ma famille. Et m'a déconcertée aussi, en vérité. J'ai fait ma crise d'adolescence jusqu'à mes trente ans ou presque. J'allais à l'université mais je voulais devenir comédienne, j'étudiais le théâtre mais je voulais rentrer à la maison, où m'attendait mon amoureux. Mario est le premier à avoir réussi à m'ancrer en moi-même. Et puis les enfants sont arrivés.

Le soir où nous nous sommes rencontrés, je n'aurais même pas dû être là. J'ai regardé ses yeux. Les mêmes yeux immenses que Sofia aujourd'hui. J'avais vingt-huit ans mais je me comportais comme une gamine de quinze ans, accablée par des questions existentielles. Je m'étais coupé moi-même les cheveux, une coupe courte et asymétrique. Mes désirs oscillaient sans cesse entre Rome et Tarente. Je venais de quitter mon appartement de la capitale, j'avais abandonné mon rêve de devenir comédienne et décroché un contrat à durée indéterminée dans une école. Mes proches m'avaient conseillé de choisir un emploi stable – l'art était trop incertain. Ma paresse avait achevé de me convaincre. Quand je parle de paresse, n'imaginez pas que je passais mes journées affalée dans un canapé à me tourner les pouces. Non, ma paresse était pire que cela. Mes attentes envers la vie étaient tellement élevées que je n'étais jamais satisfaite, alors je laissais les événements décider pour moi. J'adore enseigner, là n'est pas la question, mais si j'avais été plus opiniâtre, j'aurais pu suivre la voie du théâtre. Aujourd'hui, je choisis enfin d'être qui je veux vraiment, ou du moins j'ai l'illusion de pouvoir choisir, malgré le handicap.

Quand j'ai rencontré Mario, j'étais dans ma période Pirandello. Je ne parlais que par citations. Je jouais encore dans quelques compagnies de théâtre et je passais mes soirées à lui lire les textes que j'écrivais. Mario est tout le contraire de moi. Nous ne nous ressemblons pas. Nous ne chantons pas les mêmes chansons, nous ne finissons pas les phrases que l'autre a commencées. Au contraire. Mario parfois me coupe la parole, quand je radote. Et moi, j'essaie de le faire parler. Je pars à la pêche aux mots, en lançant ma ligne au fond de sa gorge. Il écoute, Mario, sans jamais se laisser affecter par les raisonnements des autres. Ses émotions transparaissent dans son regard, dans ses iris qui changent selon la lumière et l'obscurité de son âme. Ce qu'il éprouve s'arrête là, à la porte du regard, sans envahir son corps, ni ses paroles. Moi, je ressens mes émotions jusque dans mes mains, mes pieds, sur ma langue. Mario s'entoure de quelques amis de longue date. Moi, en plus d'être viscéralement attachée aux proches qui m'accompagnent depuis toujours, j'ouvre volontiers ma porte à de nouveaux sourires. Mario dort d'un sommeil de plomb dès que sa tête touche l'oreiller, pendant que j'erre la nuit dans la maison. Il n'a peur ni des insectes, ni des fantômes, quand je pourrais sauter du balcon à la vue d'un cafard. Je vis toujours avec la poupée que ma grand-mère m'a offerte pour mes huit ans. Je n'ose pas la jeter à la poubelle de peur qu'elle ne se venge. Il aime le désordre et le chaos, moi je traque la moindre miette, le moindre grain de poussière. Ses parents sont posés et sérieux, les miens sont loufoques. Pourtant, nous nous cherchons. Il se réveille la nuit et va voir si je dors avec Sofia ou si je suis dans la cuisine. J'essaie de lui enfiler un pyjama, alors qu'il s'endort souvent tout habillé. Il tâche de faire la conversation, même quand il n'en a pas envie, et moi je reste silencieuse, même les jours où j'ai beaucoup de choses à raconter.

Le soir où j'ai rencontré Mario, je suis rentrée chez moi, troublée par la profondeur de son regard. La fête avait eu lieu dans l'appartement de Massari. J'accompagnais mon amie Carla, j'avais atterri là par hasard. Massari, qui m'est aujourd'hui si cher, appartenait alors à ce petit cercle d'amis qui entourait Mario depuis toujours. Ils étaient tous là, si jeunes, quand je suis entrée. J'étais en pleine rébellion, avec mes cheveux ébouriffés, ma minijupe et mes bottes noires vertigineuses. Mario portait un pull bleu rayé. Alors que les autres me proposaient de me mettre à l'aise, il s'est contenté de me regarder. Il m'a paru très beau, avec ses yeux doux et limpides rivés sur moi. Il n'a pas cessé de me regarder, pendant la soirée, et il a continué de poser sur moi ce regard pur durant les deux mois qui ont suivi notre rencontre, quand il n'y avait en apparence rien de pur en moi. De toute évidence, je ne plaisais pas à tous ses amis, et comment aurais-je pu ? Je vivais à l'époque une relation toxique, dont je m'échappais parfois, pour y retourner aussitôt, sans réussir à trancher ces liens emmêlés. Quand je desserrais un nœud, je retrouvais Mario, sinon je m'enferrais dans des excuses ridicules. Malgré tout, il a continué de poser sur moi son regard singulier. Je lui plaisais, beaucoup. Il aimait parler avec moi. Je pensais sans cesse à ses yeux verts, qui étaient comme une invitation. Mais il était trop petit, trop jeune et moi, trop grande. J'aurais aimé rester avec lui, mais je ne voulais pas renoncer à cette vie dissolue qui était la mienne. Je m'amusais beaucoup, j'étais autonome, je vivais un amour compliqué et ça ne me déplaisait pas, au contraire. Je voulais qu'on me coure après, qu'on me cherche, qu'on me désire. J'aimais les soirées en discothèque, les nuits blanches, les voyages entre amies. Pendant un certain temps, j'ai essayé d'attraper les fils que Mario me lançait pour les ajouter à ma trame, mais il a toujours refusé au dernier moment. Je me contentais de le voir arriver tenant derrière son dos une rose. De laisser ses mains attacher mon casque de scooter, pour me mettre en sécurité. De l'écouter prendre des décisions avec un calme énervant. De sentir ses bras autour de moi et son visage dans mes cheveux. De ses « non », forts, sans appel. Ses « non » calmement énoncés et redoutables d'efficacité. Ses « oui » aussi. Ce garçon plus petit et plus jeune que moi me signifiait avec fermeté qu'il n'allait pas me courir après. Je pouvais tout essayer, il n'allait ni me retenir, ni m'enfermer. Dans mes relations toxiques, j'avais l'habitude d'être contrôlée par ceux que je croyais amoureux de moi. J'étais convaincue que, dans l'amour, il faut s'expliquer en hurlant et taire ses sentiments. Pour moi, l'amour était une éternelle course-poursuite. Mario, lui, n'aime courir derrière personne. Il se donne entièrement sans jamais craindre de perdre quelqu'un. Il est imperturbable, à part peut-être quand j'essaie de lui faire perdre l'équilibre, comme ça, juste pour m'amuser un peu.

Ce jeune homme a mis à mal mon envie d'être rebelle et insaisissable d'une manière aussi prévisible. Je n'ai pas changé, je me suis juste débarrassée des clichés. En quelque sorte, s'il m'était impossible de le rendre jaloux, de le faire pleurer, de le mettre en colère, alors cela n'avait plus d'intérêt. Et s'il nous était possible de passer le trajet jusqu'à Naples à discuter, d'y prendre un café, de rentrer à Tarente en écoutant de la musique et d'échanger de temps en temps un sourire, en baissant les yeux, alors il n'y avait aucune raison de ne pas souhaiter vivre ensemble. Il ne me restait plus qu'à monter sur sa moto et à me laisser guider.

Mario n'a pas pu emmener Sofia sur sa moto. Jamais. Il n'a pas encore emmené Bruno au bout du monde. Il a vendu sa moto et je crois bien que ce jour-là, il a pleuré. Il ne faut pas trop nous en demander non plus. Il y a une limite, il me semble, liée à la peur et à la douleur de ne pas avoir pu réaliser ce que tous les parents souhaitent : transférer leurs propres passions à des petits êtres qui leur ressemblent. Sofia et Bruno nous ont pris au dépourvu. Mario sait bien que quelque chose se brise en moi, à chaque fois que je vois une famille avec des enfants à un concert. Je sais bien, de mon côté, sans qu'il ait besoin de rien me dire, à quel point il aimerait acheter un petit casque de moto, à quel point il aimerait asseoir un de ses enfants derrière lui et sentir ses bras serrés autour de sa taille. Toute cette souffrance aurait pu faire exploser notre famille. Mais, chez nous, quand nos cœurs se brisent en mille morceaux, les débris s'assemblent les uns avec les autres et finissent par former un puzzle, malgré tout. Les chansons que j'aime, je les chante pour endormir Sofia dans son lit et pour expliquer les émotions à Bruno. Et le refrain de *La leva calcistica della classe '68* – une des plus belles chansons de De Gregori – suffit à lui seul à dissiper les peurs d'une mauvaise journée. Mario fait la course avec des vélos adaptés. Il a mis au placard ses cartes de footballeurs Panini – Bruno les déteste – et fait de la place pour les dinosaures et les insectes que notre fils adore. Accepter la différence de nos enfants est un acte d'amour. Je suis persuadée qu'un jour il rentrera à la maison avec un side-car et qu'il nous emmènera tous faire un tour. Nous n'avons jamais cessé de rêver et c'est le liant qui garde notre famille unie.

Nous nous sommes beaucoup amusés, nous avons ri comme des baleines. Les amis ont toujours été notre remontant, et l'ironie aussi. Elle nous rapproche. Quand on nous demande comment va Sofia, nous répondons toujours à l'unisson : « Bien, tout va bien, elle a toujours la Rett. » Ou alors nous annonçons qu'elle a guéri, par miracle, oui, oui, depuis hier, elle parle et elle marche. La vérité serait beaucoup trop longue à dire, et douloureuse à entendre pour celui qui a posé la question. C'est pourquoi nous en rions. Le soir, si nous regardons un film, à moitié endormis dans le canapé et que Sofia appelle pour la énième fois, je dis à Mario : « Vas-y, elle a dit "je veux mon papa" », et Mario, depuis le babyphone de la chambre de Sofia, prend une toute petite voix et appelle « Maman ». À l'employé abasourdi et ému de l'INPS*, à qui nous venions de demander une deuxième carte de stationnement handicapé, nous

* Istituto nazionale della previdenza sociale : organisme équivalent à la Maison départementale des personnes handicapées (MDPH) en France, chargé de l'accueil et de l'accompagnement des personnes handicapées.

avons dit sur le ton de la confidence que nous cherchions à cumuler des points de fidélité. L'ironie nous permet de ne pas pleurer. C'est pour cela que nous choisissons toujours de passer le peu de temps libre qui nous reste avec des amis que nous connaissions déjà avant la maladie de Sofia. Pour eux, nous ne sommes pas des super-héros – souvent les gens nous imaginent comme tels, et cela crée une distance qui rend impossible toute forme d'aide. J'aime me regarder dans les yeux de ceux qui nous reconnaissent, de ceux qui voient encore en nous ceux que nous étions, jeunes, nos folies, nos soirées passées en voiture, fenêtres baissées et musique à fond. J'aime passer du temps avec ceux qui gardent mon être et me le renvoient. C'est comme si l'amitié me permettait de retrouver la mémoire de moi-même. Sans les amis, nous serions comme des hamsters en cage, répétant les mêmes gestes, à l'infini. Nous serions perdus à nous-mêmes. De braves petits hamsters obéissants, des hamsters de rêve. Mais nous sommes plus que ça. Nous sommes tout ce que nos amis continuent de rechercher encore et encore en nous. Je suis mes éclats de rire, mes discours sans queue ni tête, mes jeux interminables. Pour nos amis, Mario devient Mariolino, ou encore Furio, le fou de poker, le roi du Fantacalcio*, celui qui parie depuis dix ans que mon café frappé, que j'ai commandé en frimant, cette fois encore ne me plaira pas. Nos amis savent qu'ils peuvent nous jeter dans la mer, même si nous utilisons Sofia comme excuse pour ne pas nous baigner. J'oublie souvent la maladie de Sofia, mais les regards pleins de pitié des autres me la rappellent sans cesse. Mes amis, mes parents et ma sœur ne poseront jamais des yeux tristes et abattus sur Sofia. Ceux qui m'ont vue poursuivre Mario autour d'une voiture et chercher à le frapper avec une bouteille, parce qu'il ne m'avait pas attendue en bas de chez moi, un jour où j'étais en retard de dix minutes, savent qu'une part de moi est ingérable. L'arrivée de mes enfants m'a assagie, mais cette part de moi-même existe toujours. Les amis en voient les bons côtés. Ceux qui ont connu Mario quand il avait les cheveux décolorés, la boucle d'oreille, les tatouages et la moto savent

* Championnat fictif en ligne, inspiré des performances réelles des joueurs de football.

qu'il peut travailler positivement sur sa douleur, pour échapper au désir de disparaître et de se réfugier dans des conduites à risque, une attitude rebelle face à la sale vie, comme quand il était adolescent. Lorsque je retrouve mes amies à la pizzeria, nous savons toutes que je ne suis pas parfaite, que je me trompe, que je suis humaine. Ils se tiennent tous là, sentinelles de nos âmes, à nous gifler pour que nous reprenions nos esprits. L'enfant que nous portons à l'intérieur de nous réapparaît seulement si un autre enfant vient toquer à sa porte. Un autre enfant qui le connaît bien, dans toute sa singularité, et qui par conséquent le traite normalement. C'est cette normalité qui nous rend au monde.

Mario, je l'ai aimé un peu à la fois. Aujourd'hui encore, je découvre des parts de lui qui m'étaient restées cachées. Au début, il était à la fois très romantique et d'une fermeté à la limite du supportable. Mes pauvres fesses ont souffert le martyre sur le siège de sa moto, il a mis dix ans avant d'accepter de le remplacer. Il a fait semblant, avec beaucoup de talent, d'aimer la poésie et le théâtre. Et il a lutté plus d'une fois pour rester éveillé et attentif pendant mes spectacles. Mais en même temps, il a pris soin de sa mère malade, avec une tendresse et une maturité que je ne m'attendais pas à voir chez un homme aussi jeune. Il sait très bien garder les secrets, et sa loyauté me plaît. Mais je déteste le fait qu'il ne partage avec moi aucun ragot. J'adore le voir rire, c'est parce que je l'aime. Nous nous sommes beaucoup disputés et nous nous disputons encore, mais notre *Nous* est toujours plus fort que nos deux *Je*. Pour le reste, nous gravitons dans deux univers parallèles, avec une étoile en commun. Il n'existe aucune règle pour prédire la durée de l'amour. Si de telles règles existaient, nous aurions déjoué tous les pronostics. Notre amour est extensible. Mario travaillait depuis deux ans déjà en Belgique quand nous avons décidé de nous marier. La distance nous a permis de comprendre ce que nous voulions vraiment. Même si mes certitudes ont vacillé plus d'une fois. Je me suis toujours sentie bien, même quand j'étais sans lui. C'est pourquoi je sais qu'il n'est venu remplir aucun vide. Il a seulement éclairé quelques angles obscurs. Nous avions organisé un tour de la Sicile à moto avec nos amis, en juin 2009. J'ai appris que j'étais enceinte quand tout était prêt : les tee-shirts avec l'emblème de la Sicile, les valises, les vestes, l'enthousiasme. C'est à ce moment-là vraiment que nous sommes devenus une famille. Il aurait pu partir seul, mais nous avons plutôt décidé de suivre tout le monde en voiture.

10

Déplacer des montagnes

Mon accouchement de Sofia a été, comme pour toutes les mères, douloureux et enthousiasmant à la fois. Je garde en mémoire deux images que je ressors et dépoussière quand j'ai besoin de me sentir bien : mon père qui m'offre des fleurs et m'appelle « mon enfant » et Mario qui prend Sofia dans ses bras pour la première fois.

Nous vivions depuis plus d'un an entre Tarente et Bruxelles, quand le diagnostic est tombé. C'était l'été. En septembre, nous étions tous de retour en Belgique, car nous ne voulions plus être séparés. La régression de Sofia a fondu sur nous, comme une sorcière malveillante. Notre petite fille criait en continu, elle se griffait le visage, grinçait des dents la nuit et le jour. Comme tous les parents, nous nous sommes mis en quête de thérapies alternatives et de remèdes en tout genre. Nous cherchions sans répit. La fatigue et la peur faisaient vriller mon cerveau. Nous aurions pu nous quitter, avec Mario. Beaucoup de gens dans notre situation se séparent. Ils ne parviennent pas à gérer leur douleur et leur fatigue et ils ne supportent plus la douleur et la fatigue de l'autre. Chez nous, ça ne s'est pas passé comme ça : quand je cassais les chaises sous le coup de la rage, Mario les réparait pendant la nuit. Nous pleurions et nous riions de mes plaisanteries déplacées. Nous nous pardonnions l'un l'autre nos sentiments de culpabilité et nous nous serrions le plus fort possible, pendant que cette chose terrifiante s'emparait de Sofia.

Les paroles d'une assistante sociale belge ont suffi pour nous convaincre de rentrer en Italie. En Belgique, nous a-t-elle dit, on n'intègre pas les enfants avec des handicaps. Il y a des institutions. Nous ne voulions pas que Sofia se retrouve dans une institution, jamais de la vie. Là-bas, nous étions des privilégiés, notre logement et notre voiture étaient payés par l'entreprise, Mario gagnait très bien sa vie. Mais nous avons renoncé à tout cela, pour espérer pouvoir intégrer notre fille et lui offrir une vie presque normale. En Italie, il y a la loi 104, dont les amendements ont été écrits avec le sang et les larmes des parents d'enfants handicapés. Elle s'applique différemment au nord et au sud du pays. Malgré l'existence de cette loi, censée accompagner l'intégration sociale des personnes handicapées, refuser de mettre Sofia dans une institution a été un parcours du combattant.

Revenir à Tarente n'a pas été simple. C'est une ville merveilleuse, baignée par la mer et le soleil. Ses habitants bien souvent ne connaissent pas leur chance. Quand tu es en bonne santé, tu peux vivre partout. Quand tu tombes malade, certains lieux te permettront tout juste de survivre, alors que d'autres t'offriront la dignité. Dix ans ont passé depuis l'annonce du diagnostic, Tarente commence tout juste à relever la tête. C'est aujourd'hui une cité avide de changements, une ville au ferment culturel et social fort, qui commence à prendre la mesure de ses potentialités, consciente de ses merveilles et de sa splendeur. Mais la Tarente d'il y a dix ans nous a obligés à plier bagages et à déménager à Vérone.

Le diagnostic est un abandon, c'est vrai, je l'ai déjà dit. Deux personnes que rien n'avait préparées à cela doivent au même moment faire leur deuil et déplacer des montagnes. C'est ce que nous avons traversé, Mario et moi. La maladie nous a endeuillés de bien des manières. Le premier jour d'école, un deuil. Ça ne ressemblait en rien à la normalité. Nous étions présents, au milieu d'une nuée d'enfants et de parents, mais c'était comme si nous n'étions pas vraiment là. Le premier jour d'école, Sofia n'avait pas sa maîtresse référente. Le deuxième non plus. Le troisième jour, si. Mais la référente ne connaissait pas la maladie et j'ai dû passer la journée entière à la lui expliquer. Le quatrième jour, la référente a changé.

Et ce n'était que le début de notre expédition dans la jungle profonde où nous avions été parachutés. Pour obtenir la moindre chose, il nous fallait réunir tout un paquet de documents, de cartes. Je passais mes journées à essayer de faire comprendre les mêmes choses, jusqu'à l'épuisement, à répéter ce qu'est la Rett et comment il fallait se comporter avec Sofia. Afin d'élever une digue autour d'elle, pour la protéger. J'ai prononcé les mêmes paroles un si grand nombre de fois, que j'avais l'impression à la fin de réciter mon numéro de sécurité sociale. Mais j'avais toujours peur que les gens ne comprennent pas bien de quoi il s'agissait. C'était comme si tous les lieux qui nous étaient familiers s'étaient mis à fondre, comme dans un tableau de Dalí. Le monde extérieur devenait insaisissable. J'aurais aimé remplir son sac de livres et de cahiers mais j'y mettais à la place des couches, des médicaments et des bavoirs. J'aurais aimé y mettre des stylos, mais c'était impossible. Et comme je ne savais pas qui lui donnerait à manger à la cantine ou au goûter, j'ai pensé qu'il serait mieux de la désinscrire. La responsabilité des autres est un poids que je porte, moi. À chaque fois qu'ils affirment « c'est pour son bien », le poids devient plus lourd. C'est pour son bien qu'elle ne fasse pas ceci ou cela, c'est pour son bien si elle entre après les enfants ou si elle sort avant. Nous avons décrété l'état d'urgence dans notre vie. Il fallait donc que l'un de nous soit présent, tout le temps. Il fallait que l'un de nous renonce à son travail. Tout ce qui nous rattachait à la vie normale disparaissait peu à peu. J'aurais aimé qu'elle me raconte ses camarades, mais rien. J'aurais aimé qu'un parent d'élève prenne le temps de me raconter ces heures mystérieuses derrière les murs de la classe, de me révéler des anecdotes. Rien non plus. Les parents ont commencé à se donner rendez-vous après l'école, au parc, au manège, chez les uns et les autres. J'aurais aimé plus que tout pouvoir y aller. Mais j'étais seule, et Sofia si petite. Je ne savais pas alors derrière quels boucliers me protéger et le chemin du retour était souvent si difficile qu'il m'arrachait des larmes. Au début, Sofia ressemblait beaucoup aux autres enfants. Elle se fondait même parfois dans le groupe. Mais peu à peu, l'écart est devenu immense et elle s'est retrouvée en dehors du cercle, fatalement. Ceux qui suivent le cours normal de leur existence ne s'aperçoivent de rien. Ils nous jettent un regard légèrement teinté de pitié, mais ils ignorent ce que cela signifie de ne posséder aucune clé pour aucune maison.

Il n'existe pas d'écoles, ni d'activités récréatives, ni de parcs de jeux, ni de visites guidées ou de goûters entre amis où je peux laisser Sofia seule. Je dois toujours être présente. Ou alors il me faut réunir toute une quantité de papiers et déposer une demande pour chercher un accompagnant à la leçon de piscine, au cours de cuisine pour enfants, à l'heure du conte à la bibliothèque ou que sais-je encore. Et pendant que les autres parents ressemblent à des oiseaux légers, qui regardent s'envoler leur progéniture après une simple inscription, moi, je ne peux rien entreprendre. Il me faut juste attendre, attendre que peut-être… « Non, madame ! C'est impossible, nous ne sommes pas équipés. » « Non, je suis navré, nous ne pouvons pas prendre cette responsabilité ! » « C'est pour son bien. » Le mot « handicap » vient de très loin, d'un jeu anglais du XVIIe siècle. On le retrouve plus tard dans le contexte des paris hippiques, pour désigner les poids qu'on accrochait aux chevaux trop rapides ou trop puissants. Il s'agissait de rééquilibrer les possibilités de victoire pour chaque participant. Le handicap n'est rien d'autre que cela, le poids que la société attache à un cheval vainqueur.

Et puis, après les « non » des autres, il y a eu mes

« non » à moi. « Désolée, aujourd'hui, Sofia ne viendra pas à l'école, en sortie, à la fête, à l'anniversaire, au lac, à la pizzeria, parce qu'elle n'est pas bien. » Le train démarre, et nous restons sur le quai de la gare. Sofia reste sur le quai. La société n'est pas prête à affronter ces petites urgences. Nous foulons tous la même terre, respirons le même air, mais nous sommes désarmés face aux difficultés des autres. Les gens aiment donner ce qui ne leur sert plus, ce qui leur semble superflu, mais quand il s'agit de donner du temps, du temps pour comprendre et connaître, alors il n'y a plus personne. C'est un domaine qui a besoin d'être légiféré, d'être gravé dans le marbre de la Constitution. Nous sommes habitués à donner de la dignité à la mort, mais pas à la vie. Pour pouvoir le faire, il faudrait une grande famille pour la famille, une grande communauté pour la communauté plus petite, l'une à l'intérieur de l'autre, comme dans une embrassade. Les gens manquent de moyens pour nous aider, mais aussi d'obligations, d'injonctions. Une fois, un enseignant a refusé de donner un médicament, vital pour Sofia, et nous n'avons pas pu la mettre à l'école. Mais si la communauté scolaire était formée et prête, le refus d'une seule personne ne pèserait pas plus lourd qu'un grain de poussière qu'on balaie d'un revers de main.

Pendant une année, j'ai pu observer la maman d'un petit garçon atteint d'un handicap très grave. Cette maman célibataire n'avait plus ses parents pour l'aider et elle devait absolument garder son emploi. J'enseignais dans l'école que fréquentait son fils. L'équipe pédagogique était géniale, parfaitement organisée pour aider au maximum Carmen, une petite fille malvoyante que j'avais dans ma classe. À la fin de l'année, tous ses camarades pouvaient lire le braille. Le professionnalisme de son enseignante, de l'équipe et de la directrice de l'école a permis à Carmen de gagner sa course. Il existe beaucoup d'enseignantes exceptionnelles, beaucoup plus que ce qu'on imagine. Mais, comme toujours, la paperasse, la bureaucratie, les manquements dans l'application des lois placent la vie de ces enfants entre les mains du hasard, de la chance, du bon vouloir d'une poignée de personnes. À tel point que, dans cette même école, où les choses marchaient si bien pour Carmen, on entendait chaque matin venir de l'autre côté du couloir les mêmes remarques désobligeantes à l'encontre de cette mère célibataire, qui continuait à déposer en classe son fils gravement épileptique. Elle arrivait le visage marqué par la nuit qu'elle venait de passer, le regard dur. Sa colère était un déguisement, car elle se préparait à être jugée tous les matins. Cette mère qui *abandonnait* son fils en proie à des convulsions et qui s'en moquait, cette mère qui demandait l'impossible à l'école. Cette mère qui tentait simplement de garder son travail et de survivre. Avec un sentiment de culpabilité inimaginable. Voilà, si la communauté dans son ensemble était prête, alors le refus d'une seule personne serait supportable. On pourrait imaginer qu'une famille comme la mienne soit adoptée par une famille plus grande, que la communauté prendrait elle-même sous son aile. Et ainsi de suite, jusqu'à ce que toute la société soit concernée. Nous n'aurions plus besoin de brandir nos attestations, ni de nous agenouiller chaque jour pour demander au monde de faire une place à nos enfants.

Le jour où j'ai rencontré Daniela, Nicoletta et Laura, les maîtresses de ma fille, notre vie familiale a changé. Cette parfaite petite équipe a fait en sorte que Sofia puisse venir à l'école, tout le temps, même les jours difficiles, aussi nombreux soient-ils. Elle a donné de l'oxygène à toute la famille et de la dignité à Sofia. Mais ça aussi, malheureusement, c'est le fruit du hasard. Tu peux t'en sortir très bien, ou très mal. Et comme il est permis aux autres de se décharger de toute responsabilité, c'est aux parents qu'il revient de tout faire, absolument tout. Au point de détruire tout le reste.

Ainsi, comme personne ne parlait la langue de Sofia, nous avons commencé à l'étudier nous-mêmes. Notre douleur est devenue un volcan actif, une puissance qui nous a portés bien au-delà de nous, bien au-delà de la douleur, vers une forme de normalité. Être normal dans un monde qui te considère comme un alien, c'est une question de choix. Quand tu passes ton temps à rechercher la meilleure thérapie possible pour ta fille et que tu enchaînes les nuits sans sommeil et le travail, tu ne peux que rêver à cette normalité, dont les autres jouissent sans même s'en apercevoir. Nous avons construit notre normalité en nous donnant la main. Nous nous sommes rebellés contre les institutions sourdes et nous avons découvert des associations et des personnes extraordinaires. Sofia est devenue notre enseignante. Quand je serai vieille, j'aimerais que les murs de notre maison soient tapissés de photos attestant notre fatigue, parce que les sourires que nous affichons sur ces photos, nous nous les sommes payés tout seuls. Le bonheur est toujours un choix, un pacte avec toi-même et ton compagnon de voyage. Car, malgré les centres spécialisés, et tout ce qu'une ville peut offrir, il faut parfois laisser tomber la maladie, les centres, les médecins, les maîtresses, et vivre comme une famille normale. Nous devons faire aujourd'hui des réserves de ce temps si précieux qui nous soutiendra, plus tard, quand nous n'aurons plus de forces : le temps de s'asseoir autour du petit déjeuner, le temps de se promener, le temps de se reposer, le temps d'aller faire les courses sans regarder la montre, le temps de chanter. Le temps d'oublier, le temps de rêver, en rejetant bien loin la peur de ne pas en faire assez pour Sofia.

Les enfants handicapés restent des enfants, il m'a fallu un peu de temps pour le comprendre. L'effort auquel nous les soumettons pour les voir marcher, parler, écrire doit être adapté à un enfant. Et dans la lutte contre cette sorcière plus forte que nous, il faut savoir s'accorder des répits. Se blottir simplement dans son lit ou manger de la pizza sur le canapé devant un film. Il faut savoir aussi se pardonner, en tant que parents, si on décide d'annuler un rendez-vous au centre de rééducation juste pour profiter du soleil.

11

Ma douleur est un grain de sucre

Sofia et sa voix sont parties, peu à peu. Puis ses mains ont cessé de fonctionner. Puis ses jambes. Puis les signes du maléfice ont disparu, les crises d'épilepsie, la stéréotypie, les insomnies, la colère, les tremblements. Et voilà que nous renaissons, tous les trois, de nouveau. Plus la douleur te broie et plus l'élan vital est puissant. Le mal actionne son grand pressoir et il en coule un bien inattendu. Ceux qui ont la chance d'avoir une vie sereine ne peuvent comprendre cela. Mais pour nous, qui sommes enchaînés à la maladie et à la mort, la vie devient un mets délicat que l'on renifle, puis que l'on ronge jusqu'à l'os. C'est pour cela que vous pourrez nous surprendre là où on nous attend le moins. En train de danser avec les enfants, à la montagne, au bord d'un fleuve ou simplement pieds nus sous une pluie joyeuse, la bouche grande ouverte. Je veux tout dévorer de cette vie. Et quand je pleure, je verse toutes mes larmes, jusqu'à la dernière. Sofia m'a arraché le masque que nous portons tous au quotidien. Elle a nettoyé ma carcasse. Mes paroles et mes actes sont désintéressés. Je n'espère plus rien de personne, je n'attends plus que les gens me ressemblent ou se comportent selon ma volonté. Quand je prends quelqu'un dans mes bras, je n'attends rien en retour. J'aime sans réclamer que ce soit réciproque. J'ai appris à reconnaître les problèmes des autres et à les respecter sans penser que les miens sont supérieurs, ce serait absurde. J'écoute. Je cherche à m'entourer de personnes qui n'éprouvent pas la moindre pitié, ni le plus petit sentiment d'infériorité. En somme, je cherche le vrai.

Sofia est une enfant. Cela nous a obligés à sourire même quand nous n'en avions plus la force. Cela nous a obligés à chanter pendant des heures, à lire des histoires, à être le prolongement d'elle-même, de son corps. Et ce qui nous apparaissait au départ comme un effort surhumain, une position difficile à maintenir dans les moments de douleur, a au contraire appris à nos cerveaux à tracer un autre chemin, à créer de nouvelles synapses, à produire de l'ocytocine. S'efforcer d'être heureux, c'est justement ce qui rend le bonheur possible. Le rythme lent de Sofia, marqué par les longs repas, le repos ou les pleurs légers, est rempli de moments de bonheur. Nous avons glissé la joie entre les crises d'épilepsie et l'agitation chronique. Ma voix, mes chansons et les poésies que j'aime l'accompagnent même quand elle va mal. La poésie porte en elle une mélodie que Sofia comprend bien au-delà des mots. Je sais qu'elle se calme quand elle entend du Neruda, ou les chansons du dessin animé *Cendrillon*. Elle danse dans un groupe au nom magique : La danse différemment. Elle roule sur un vélo que Mario a déniché pour elle, elle skie avec des moniteurs spécialisés, elle sort et vit sa vie, et nous l'accompagnons. Et elle nous parle sans paroles. Rien ne peut nous arrêter. Si la mer et la montagne ne sont pas accessibles, nous trouverons les moyens de l'y emmener. Toujours. Pour cela, j'ai cependant besoin que la place handicapés soit libre et que les gens fassent preuve de civisme. Nous profitons du crépuscule ou de la neige ou de la mer, avec un mélange d'acceptation et de rage, certains que notre histoire rendra meilleurs ceux qui nous croiserons.

À l'intérieur de ce corps malade et sans défense, il y a un être. Nous le voyons, Mario et moi, nous le reconnaissons et nous cherchons à établir le contact avec cette Sofia cachée. Nous nous sommes mis à étudier les communications alternatives et nous avons découvert que certaines personnes croient encore plus que nous dans les potentialités de cette méthode. Avec certains thérapeutes, Sofia a appris jour après jour à exprimer ses besoins à l'aide du regard. Nous sommes tombés par chance sur Daniela, une maîtresse que tous les enfants comme Sofia devraient avoir. Il suffit de la rencontrer une fois pour comprendre pourquoi elle a choisi de devenir enseignante spécialisée. Elle est téméraire, elle ose expérimenter et continuer à apprendre ne lui fait pas peur.

Quand elle regarde Sofia, qu'elle travaille avec elle ou qu'elle lui parle, elle le fait toujours avec la conviction que Sofia la comprend, même si c'est de manière différente des autres enfants. Elle part à la recherche des compétences que Sofia possède encore et surtout, elle fait tout son possible pour que notre fille se sente bien à l'école. Avec un amour immense et beaucoup de travail, elle a créé pour elle une école qui lui ressemble et qui l'accueille.

À Vérone, une ville où nous ne connaissions personne, nous avons eu la chance de rencontrer aussi Barbara. Elle a appris à voir, au-delà de la stéréotypie et des absences de Sofia, son âme véritable. D'autres femmes sont arrivées dans notre vie, de nouvelles amies qui n'oubliaient jamais que Sofia était là, dans sa chambre, pendant que nous buvions le thé. Il faut être quelqu'un de bien pour désirer en savoir plus sur Sofia et sa terrible maladie. En tant que parents, nous devons en parler et espérer rencontrer des gens foncièrement bons et prêts à nous écouter. Voilà pourquoi je n'accepterai jamais le néant, je lutte contre le néant, je me mets en colère, je hurle, je pourrais assommer ou frapper quelqu'un quand je suis confrontée au néant. Le néant, c'est le médecin qui ne t'écoute pas, le voisin qui se moque de savoir comment tu vas. Le néant se situe dans l'après. Dans le vide que nous laisserons derrière nous, à Sofia, quand nous ne serons plus là. Le néant, c'est quand ton enfant devient aux yeux de la médecine un numéro, un simple numéro, sans que personne ne prenne la peine de demander son nom, ses habitudes, ses difficultés. Un numéro à qui on programme une thérapie rééducative à huit heures du matin, à deux heures de l'après-midi ou en plein milieu du temps scolaire. Et le néant, c'est aussi être conscient que le jour où nous déciderons de ne plus obéir, nous nous retrouverons hors jeu. Mario et moi, nous avons traversé nos crises les plus violentes quand nous nous sommes rendu compte que parfois nous nous étions épuisés pour rien. Qu'il était impossible de gagner contre l'administration sourde et l'aveuglement des gens. J'ai pleuré toutes les larmes de mon corps à chaque rentrée scolaire. J'aurais voulu hurler aux autres mamans que j'avais besoin d'aide, que nous avions tous besoin d'aide. Parce que pour nous autres, parents différents, le néant, c'est aussi le risque d'abandonner nos enfants à des adultes qui en ont peur, qui ignorent comment communiquer avec eux et qui refusent de l'apprendre. S'il faut gravir dix marches pour arriver dans la pizzeria où nous avons été invités, c'est le néant. Le néant aussi quand, à un mariage, nous voyons tous les enfants jouer ensemble, et que le fauteuil roulant ne passe pas la porte menant au buffet ou à la salle de bal.

Il suffirait de ressentir que nous faisons partie d'un tout. Il faudrait commencer par le baptême social qu'est l'école maternelle et parvenir à concevoir et regarder les villes à travers les lunettes du handicap. Si nous prenions l'habitude de porter ces lunettes dès notre plus jeune âge, alors nous pourrions rencontrer, le jour de la rentrée des classes, des groupes de parents indignés que l'ami de leur fils ou de leur fille n'ait pas son enseignante spécialisée. Oui, ça demanderait beaucoup d'efforts, de sacrifices, de luttes, mais nous écririons l'histoire. Il suffirait déjà de nous considérer, nous les parents différents, comme des parents normaux et de nous intégrer. Il suffirait de faire le choix courageux de devenir des parents spécialisés, comme nous. C'est le monde autour de nous qui a fait vaciller notre couple, la douleur de sentir que nous étions exclus d'une vie que nous méritions pourtant. Parce qu'il nous suffit de rencontrer des Daniela et des amies comme Barbara pour être heureux. Nous sommes les mains, les jambes, la voix de Sofia, même si parfois nous préférerions ne pas l'être. Alors quelle chance de pouvoir connaître des personnes courageuses qui acceptent de prendre le relais et de devenir à leur tour les jambes, les mains, la voix et les yeux de notre fille. Parfois nous avons besoin de faire une pause, et Sofia aussi. J'en suis sûre, car quand cela est possible, Sofia est la première à rayonner de joie.

Voilà comment je l'imagine, le monde. Un lieu où on prend le temps de s'arrêter, malgré toutes les choses à faire, pour aider un étranger qui nous semble en difficulté.

Cet étranger, ça pourrait être moi, après la énième crise d'épilepsie de Sofia. Moi, qui parfois voudrais me changer en pluie, ruisseler du toit jusqu'à la gouttière et disparaître dans les tuyaux. Certains jours, j'aimerais me transformer en petit soldat de plomb, immobile, ballotté par le destin. Mais je ne suis pas un soldat de plomb et la souffrance est le carburant qui me pousse à me battre. Quand je sens que j'étouffe, je reviens toujours à une sculpture de Michel-Ange, aux mots de Márquez, à la musique ou à une olive. Nous sommes des êtres insignifiants, tellement petits dans cet univers infini. Ma douleur aussi est minuscule. Aussi petite qu'un grain de sucre, ma douleur. L'art remet tout en perspective, le mal a toujours une fin et, avec lui, chaque spasme de souffrance. Avec notre dernier souffle, disparaîtront aussi les mauvais rêves. Seul le beau restera. Les efforts du discobole imprimés dans le marbre, *Si c'est un homme* de Primo Levi, *Les Tournesols* de Van Gogh. La souffrance de l'artiste a disparu, demeurent la résurrection, les questionnements, la stupeur. L'été, ma souffrance à moi s'évanouit à l'angle de la via del Bosco, à 19 h 30 précises, quand, après leur promenade de l'après-midi, les chevaux de la ferme voisine rentrent chez eux, tout ruisselants de lumière vespérale. Voilà, la stupeur te dit que tu es petit, mais elle te rappelle aussi que tu peux être grand. Je reviens toujours au beau et à la stupeur. Si je parviens à être stupéfaite, alors je peux me transporter dans une dimension parallèle, faite de rêves et de possibilités, et je peux emmener mes enfants avec moi.

Un jour, alors que j'étais dans un magasin avec Sofia, j'ai observé une petite fille de son âge en train d'essayer des vêtements avec sa mère. Je suis rentrée chez moi attristée. Parfois, ce qui m'est refusé prend le dessus. J'ai traversé de longues périodes d'aigreur, de ressentiment à l'encontre des enfants que je croisais, qui sautillaient autour de moi, à l'encontre de certains de mes élèves qui ne travaillaient pas à l'école et qui se plaignaient, pendant que Sofia ou Bruno étaient contraints de rester à la maison. J'ai éprouvé de la jalousie, en voyant ce que je n'avais pas. Et surtout ce que mes enfants ne pouvaient pas être. À terme, les pensées aussi s'emballent. Et cette question, qui me faisait me sentir nauséeuse et abjecte, a tourné plus d'une fois dans ma tête, sans que je ne puisse faire autrement : pourquoi lui oui, et Sofia non ? Pourquoi ? C'est une question sans réponse. Elle te fait haïr tous les enfants qui réussissent à être enfants, aussi simplement. Tu cherches des défauts à leurs mères ou tu les méprises sans la moindre putain de raison. Et si elles sont alcooliques, droguées, défaillantes, mais qu'elles ont quand même donné naissance à toute une tripotée d'enfants en bonne santé, alors tu t'étrangles de rage en repensant au magazine dans lequel tu avais lu « les 8 règles pour avoir des enfants en bonne santé ». Tu *étais* les 8 règles, à toi toute seule, et voilà ce que tu es devenue. La haine te déforme, elle écorche tes paroles et estropie tes pensées. Mais elle est nécessaire, et c'est une émotion que tu ne dois pas juger. Elle sera là pour un temps et puis elle disparaîtra. Et il te faudra réfléchir à la manière dont tu veux être au monde.

Je me suis souvent demandé comment je me serais comportée à la place d'une mère normale – une mère qui ne connaîtrait pas sa propre normalité. Est-ce que j'aurais eu toute la sensibilité dont je me réclame aujourd'hui, ce regard que je porte sur les choses ? Est-ce que je me serais rendu compte de ma chance extraordinaire ? Je ne sais pas. Je porte en moi une agora, un espace dans lequel je parle seule, où j'expose mon cas et dépose mes plaintes. Je cherche toujours en moi une alternative. Cette fois-là, ç'a été de retourner au magasin et de considérer Sofia comme une petite fille qui peut se choisir un vêtement. Chercher la route praticable. Entrer. Lui proposer deux habits et voir, sur son visage aux mimiques absentes, ses yeux qui hésitent entre les deux vêtements. La regarder pendant qu'elle en observe un troisième, que je n'avais pas pris en considération. Rentrer à la maison avec ce vêtement-là et ma fille tout sourire. S'émerveiller encore de tout ce que j'ai à apprendre d'elle et de tout ce que sa vie a à m'offrir. Sofia est intelligente, elle est présente au monde, ouverte à la connaissance. Elle court sans avoir besoin de jambes, ma petite fille. Quand je reviens de mon agora, je respire toujours à pleins poumons, avec des conseils précis que j'applique à moi-même : garder la porte grande ouverte, ne pas rester recluse dans ma tanière, retrouver les sourires que je ne parviens plus à faire, me sentir responsable et même de la haine ressentie, prendre des notes, faire des listes.

Dans mes notes, j'ai écrit : passer du temps avec Daniele. Mon beau-frère Daniele Nitti, qu'on surnomme Nittix, ressemble à ces personnages de film qui savent tout rendre léger, même les moments les plus dramatiques. Il est Spike dans *Coup de foudre à Notting Hill*, l'ami qui sort en caleçon, alors que ta vie part à vau-l'eau. Il le fait avec intelligence, c'est sa manière d'être au monde. Quand je l'ai rencontré, j'ai pensé que ma sœur était folle. Il n'était pas du tout son genre. Il faut un peu de temps pour le comprendre, pour ne pas se vexer à chacune de ses phrases ou avoir envie de lui lancer une chaise à chaque fois qu'il te reproche, alors que tu es dévastée de fatigue, de pleurnicher : « Fais chier, tu es toujours crevée ! » Vous allez me dire qu'il est macho ou arrogant, mais il n'est ni l'un ni l'autre. Il brouille les mauvaises ondes. Tout ce qui provoque en moi des angoisses – les enfants, la maison, les courses, la maladie –, il le passe au fil de ses blagues, puis il te rappelle que s'il y a une chose que tu ne veux pas faire, tu ne la fais pas. C'est aussi simple que ça. Tu la feras plus tard. Et pendant que les enfants hurlent et que la maison est sens dessus dessous, il nous prépare les meilleurs plats de poisson au monde, tout en parlant de mes pieds horribles, et puis, juste au moment où Sofia est en proie à une convulsion, il ajoute : « Tu es sûre qu'elle n'a pas regardé tes pieds juste avant de faire sa crise ? » Et il enfourne un poisson divinement aromatisé tout en me servant un verre de vin. Sa maison est ma maison, même si, quand je débarque chez lui pour les vacances de Noël, il décompte chaque matin les jours qu'il lui reste à passer en notre compagnie et qu'au moment de notre départ il débouche une bouteille et écrit à ses amis : *Ils s'en vont enfin !* Daniele me fait rire aux éclats. Et pendant les longs mois que nous avons passés à l'hôpital pour Bruno, il a été là. Lui seul peut me dire que Sofia, en plus de la Rett, a une mère stressante. Il se cache derrière Sofia et dit en imitant une petite voix : « Ma petite maman, moi je n'ai pas la Rett, c'est seulement toi qui me casses les pieds. » C'est quelqu'un qui donne de sa personne. Il nous a glissé un jour, sur le ton de la plaisanterie et au détour d'une conversation sur son hypothétique divorce avec ma sœur, que la maladie de sa nièce et celle de son neveu lui avaient changé la vie. « Seigneur tout-puissant, je demande l'annulation des liens du mariage, à cause d'un excès de poisse. » Je ne l'ai vu pleurer qu'une fois : pour Bruno.

Dans les notes de mon carnet, j'ai trouvé aussi : revisiter certains souvenirs. J'aime revivre mon mariage, le dérouler à nouveau dans ma tête. À chaque fois que je fais ce voyage vers le passé, j'y découvre Sofia et Bruno. Je ne parviens pas à ne pas les voir. Notre mariage, notre choix d'avoir des enfants nous ont causé indubitablement des souffrances immenses, pour tout ce que nous n'avions pas prévu mais qui est pourtant advenu. Souvent, quand nous évoquons ce jour-là entre nous ou avec des amis, il nous vient à l'esprit que nous aurions pu nous arrêter à temps et nous éviter ainsi une succession de souffrances. Le soleil était brûlant en cette journée de fin septembre qui ne voulait pas dire au revoir à l'été. Je portais une robe en dentelle française couleur crème, avec un petit bustier et un ample jupon. Nous étions élégants et transpirants. La voiture de mes parents est tombée en panne, mon père a fait un malaise. Nos amis nous disent aujourd'hui que devant tous ces signes, nous aurions dû nous arrêter à temps ! Le prêtre s'est lancé d'une manière particulièrement emphatique et sans raison dans une homélie contre l'ingérence des familles dans la vie des jeunes mariés. Tous dans l'assistance ont pensé qu'un incident s'était produit entre nous et nos parents. À la porte de l'église, l'oncle de Mario a posé le pied par mégarde sur mon voile, défaisant mon chignon que ma mère a tenté de rattacher pendant toute la durée de la cérémonie. Tout cela mis à part, la journée a été merveilleuse. Nous avions loué un domaine, nous voulions une fête champêtre. Nous avons dansé toute la nuit. Les jupes et les foulards flottaient au vent, dans la cour de l'ancienne ferme. Quand je regarde les photos, je me surprends toujours à y chercher Sofia et Bruno. Ils étaient déjà là avec nous, quelque part dans nos pensées. Dans le pré avec les autres enfants ou à courir entre les oliviers. Sofia était là, pour sûr, écarquillant les yeux devant les lumières des guirlandes multicolores, accrochées dans les arbres au-dessus des tables décorées. Elle regarde toujours vers les lumières. Je les vois avec moi et j'entends Bruno me dire : « Maman, tu es belle. » Ce jour a scellé leur histoire. Je ne sais pas quel nom donner à Dieu, mais je sais qu'il existe. Il existe dans la beauté. Dans la force de l'amour. Je n'ai jamais pensé que les maladies dépendent d'une entité divine. Je crois davantage que grandir dans les fumées de l'aciérie Ilva a pu faire muter génétiquement nos corps. Il y a du divin dans la force de la vie, c'est certain. Ce jour-là, au son des tambourins et des tambours, a commencé la lutte entre la vie et la mort, la souffrance et le bonheur.

12

Les vers de Neruda

Nous ne pouvons pas changer les cartes du jeu, nous devons faire avec celles que nous avons. Même si nous les mélangeons et les échangeons entre nous, les cartes resteront identiques. Cependant, nous pouvons les combiner entre elles, et alors, à nous la quinte flush ! Il n'existe pas de remède contre le syndrome de Rett. Accepter cela, c'est aller au-delà de la tragédie, là où la vie est possible. Accepter l'inacceptable, c'est tout ce qui reste à cette mariée avec sa robe ample et à son époux aux grands yeux. Accepter est un bon point de départ. Faire le maximum avec ce qui nous a été donné. Accepter ne veut pas dire ne pas souffrir. Je souffre presque toujours, tout en cherchant des instants heureux. Et quand je finis par trouver des instants heureux, je n'en reviens pas moi-même.

La voix de Sofia me manque. Si je pouvais exaucer un souhait, un seul, je demanderais que sa voix revienne. Certaines nuits, je rêve qu'elle marche et parle. Elle vient à côté de moi, dans le lit. Elle me dit : « Maman, réveille-toi » ou alors, elle rit et elle me dit qu'elle se sent bien et qu'elle veut aller jouer. C'est un rêve qui me bouleverse. Je ne me souviens plus de sa voix, mais peut-être est-elle encore quelque part, cachée dans le creux de ma chair. Perdre les mots de Sofia a été le deuil le plus éprouvant, une torture pour elle et pour nous. Le temps nous a appris petit à petit à accepter. Chercher des chemins de traverse pour lui rendre une voix a été notre bataille la plus dure.

Quand j'étais au septième mois de grossesse, mon amie Daniela m'a offert une armoire dont elle ne se servait plus. Mario avait étudié tous les types de poussettes qui existent sur le marché, parce qu'il voulait pour sa fille le meilleur des modèles. Face parents, face route, inclinable, avec un petit parasol. Nous nous étions rendus chez tous les vendeurs de poussettes de la région. Je n'en pouvais tellement plus de voir Mario hésiter et pinailler que j'ai décidé d'arrêter de sortir avec mon ventre rebondi à la recherche d'équipements et de mobilier pour notre bébé. J'ai accepté avec joie la proposition de Daniela. Son armoire était jaune pâle et j'ai acheté de la chaux pour la transformer en meuble *shabby chic*. Il m'a fallu au moins dix jours pour la poncer et la repeindre. Quand j'ai eu terminé, j'ai monté quelques marches de notre escalier pour admirer mon œuvre. L'armoire m'a semblé beaucoup trop blanche. Il manquait quelque chose. J'ai dit à mon ventre que j'allais écrire dessus un poème. Pas n'importe lequel, non, un poème de Pablo Neruda. J'allais ouvrir au hasard le livre qui se trouvait sur ma table de chevet et en recopier les vers.

Je ne pouvais pas savoir alors comme les mots de Neruda disaient en germe ce que seraient nos étreintes, à Sofia et à moi. Sur cette armoire, un peu moins blanche aujourd'hui, on peut lire encore ces vers sur le destin, tracés à l'encre verte :

Je t'aime sans savoir comment, ni quand, ni d'où,
Je t'aime directement sans problèmes ni orgueil
Je t'aime ainsi car je ne sais aimer autrement

Si ce n'est de cette façon, sans être ni toi ni moi
Si près que ta main sur ma poitrine est la mienne,
*Si près que tes yeux se ferment quand je rêve**.

La dernière fois que Sofia m'a appelée « maman », j'ai hurlé à Mario de se dépêcher et de prendre la caméra, vite. Je voulais sauver ce qui lui restait de voix. La sauver d'un malheur qui était en train de l'emmener loin de nous. Je cherchais à collecter les morceaux de ma fille pour les archiver, et pouvoir un jour la regarder à nouveau. Nous n'avons jamais visionné ces vidéos volontairement. Nous sommes tombés dessus par hasard, en cherchant autre chose sur l'ordinateur. Parfois la technologie nous fait des plaisanteries macabres en ouvrant les dossiers d'un monde oublié : une petite fille qui parle, rit, attrape une balle, manipule ses jouets,

---

* Pablo Neruda, extrait du sonnet XVII, *La Centaine d'amour*, 1959.

roule sur le côté, apprend à marcher. Il n'y a aucun signe de la maladie en elle. Aucun signe d'inquiétude non plus sur le visage des deux jeunes gens qui la regardent : sa mère et son père ivres de joie. Ces images sont pleines de vie. C'est étrange, contre nature même, de ne pas reconnaître son propre enfant. Pour moi, cette petite fille n'existe plus, la jeune femme que j'étais n'existe plus non plus. Sofia, c'est celle qui est ici, maintenant. Je n'éprouve aucun désespoir, plutôt une douleur constante dans tous les recoins de mon cœur, de mon foie, de mes poumons, de mes yeux, de mon cerveau. Partout. J'ai entrepris un travail épuisant d'archivage du passé et d'acceptation du présent. Et, de manière incroyable, je trouve que notre vie s'est enrichie. Elle est heureuse. Aventureuse. Avec de la souffrance. La sorcière Rett nous a tout pris de Sofia, et elle a laissé traîner de manière cynique là une balle que ma fille ne peut plus toucher, là des toboggans et des balançoires vides, ici les échos joyeux d'une fête où les enfants dansent et s'amusent sans qu'elle puisse les imiter. Perfide, elle a laissé des bougies d'anniversaire, et des souhaits en devenir, que Sofia n'a jamais pu exprimer à voix haute. Elle a laissé hors de portée l'école, les livres, les stylos, les plongeons dans la mer, les descentes en luge. La sorcière a fermé à double tour la porte qui ouvre sur la vie.

Mais elle aussi fait des erreurs : elle a laissé en vie le père et la mère de Sofia.

Forts, souriants, déterminés, aguerris, amoureux… Et cette porte, nous la défonçons, à grands coups de pied, chaque jour.

Mario, Bruno et moi, nous sommes sa voix, ses jambes et ses bras. Nous sommes pour elle de la joie pure, et c'est pour cela que nous nous en sortons bien, chaque jour. C'est épuisant, aux limites de la folie. Mais ses yeux me suffisent pour me dire qu'elle est là tout entière. Emprisonnée, mais présente. Nos regards nous suffisent pour vivre heureux, malgré tout. C'est Sofia qui nous l'enseigne. Et un jour, la porte de sa prison s'ouvrira. J'en suis sûre. Et je bavarderai avec elle, pendant des heures, comme je le fais déjà aujourd'hui en échangeant avec elle des regards où elle peut lire que je l'aime comme ça, exactement comme dans les vers de Neruda, que le hasard a choisis pour moi.

13

Prier n'importe où

Bruno est mon monde entier. J'ai un cœur entièrement pour lui et un cœur entièrement pour Sofia. Quand il est né, j'ai eu peur de ne pas réussir à l'aimer, en tout cas pas autant que Sofia. Avant d'entrer dans la salle d'accouchement, j'ai rempli d'une écriture serrée trois pages de notes concernant Sofia. J'étais terrifiée à l'idée de la laisser. Ma fille avait deux ans. J'étais remplie d'elle, de choses à faire pour elle, à lire à son sujet, d'amour. Il me semblait qu'il n'y aurait jamais de place pour un autre enfant. Je crois que ça se passe comme ça dans toutes les familles. Il est né sans se faire remarquer. Nous avions tous les yeux tournés vers Sofia et sa foutue maladie. J'avais un ventre énorme, pourtant personne ne se rappelle de moi enceinte de Bruno. Pas même moi. J'ai fait des choses avec ce ventre que je n'aurais pas pu imaginer faire quand j'étais enceinte de Sofia. J'ai vécu l'annonce de la maladie de ma fille, avec Sofia perchée sur mon nombril. Puis nous avons été pris dans l'avalanche. Avec mon amie Sara, nous cavalions de Tarente à Brindisi pour les différentes thérapies et je roulais comme la pire chauffarde, le ventre appuyé contre le volant. Nous avons déménagé de la Belgique à l'Italie. J'ai traversé des insomnies terribles et affronté les premières crises d'épilepsie de Sofia, avec Bruno qui dormait comme un bienheureux dans le liquide amniotique. Et quand le jour de la césarienne est arrivé, il m'a semblé difficile de pouvoir l'aimer comme j'aimais sa sœur.

Le 30 janvier 2012, le gynécologue a sorti un Calimero, les cheveux noir de jais et les yeux noisette. Je lui ai dit : « Bienvenue dans ce monde. »

Quand nous sommes rentrés à la maison trois jours plus tard, avec lui à allaiter et Sofia qui me semblait de plus en plus ingérable, une sensation de panique m'a prise à la gorge.

Mario faisait encore les allers-retours et j'ai embauché Graziana, pour qu'elle s'occupe presque exclusivement de Bruno. Sofia ne dormait jamais. La nuit et le jour, elle poussait des cris de désespoir. Le matin, je déposais Bruno entre les bras de Graziana, tout contre ses seins. Je voudrais pouvoir retourner en arrière et accorder plus de temps à mon petit garçon.

Quatre mois après la naissance de Bruno, ma tante a décidé de nous emmener à Medjugorje*, Sofia et moi. Nous sommes parties avec elle et mon père. Un voyage incroyable. Mes seins gonflés de lait me faisaient mal et Sofia a vomi pendant le trajet en bateau. Durant toute une nuit de prières, nous avons marché vers la montagne, lieu de l'apparition. Je ne suis pas une catholique pratiquante. J'ai un rapport très personnel à Dieu, je me révolte même parfois contre lui. Je ne vais presque jamais à la messe et je prie dans les lieux les plus incongrus. Je ne parviens pas à laisser Dieu immobile à l'intérieur d'une église. J'ai essayé à

* Localité de Bosnie-Herzégovine, lieu de pèlerinage catholique.

maintes reprises de m'agenouiller et de rester sans bouger, silencieuse, en attendant un signe, quelque chose. Mais je ne sens pas la présence de Dieu dans ces lieux-là, il ne s'adresse pas à moi entre ces murs. Je le cherche dehors, même quand je le perds de vue au cours des journées épuisantes et des souffrances. Dans le silence du soir, au bord de la mer, à la poste, à l'école avec mes élèves, pendant un coup de fil, dans les coïncidences en lien avec le destin. Quand mes demandes reçoivent des réponses inattendues, alors je prie et je remercie. Si l'injustice et la douleur pèsent sur mes épaules, alors je le regarde et je répète : « Je t'en prie, Dieu, non. » C'est ce que j'appelle *prier n'importe où*. J'en ressors toujours avec la conviction que c'est à moi de changer quelque chose. La foi est ainsi : je peux être une folle qui pense avoir une mission sur terre ou je peux vraiment l'avoir, cette mission. La foi, c'est croire que cette voix qui te répète d'aller de l'avant sans flancher, de te ressaisir, de faire de ta souffrance quelque chose d'utile, que cette voix, donc, n'est pas la tienne, mais qu'elle vient d'un fragment de l'univers que tu portes en toi.

Cette nuit-là, on m'a pris Sofia des bras et elle a

été portée, avec d'autres enfants, au sommet, là où une voyante attendait de recevoir un message. Je me suis dit à moi-même que je n'implorerais pas la guérison de ma fille, jamais. S'il existe un être supérieur assez bon pour pouvoir guérir les enfants, je refuse de penser qu'il puisse décider de ne pas tous les guérir. Je ne crois pas que Dieu puisse faire quoi que ce soit avec les maladies, par contre avec moi, avec les êtres humains, oui. Ainsi, après avoir hurlé à la face de Dieu toutes mes injures habituelles, et alors que mon père qui marchait à côté de moi me réprimandait pour cela, je n'ai demandé qu'une seule chose : donne-moi la force, je t'en prie, inonde-moi de force, donne-moi toute la force possible pour pouvoir supporter cette vie et la vivre, et pardonne-moi comme toujours pour mes gros mots.

Quand je suis rentrée à Tarente, mon lait s'était tari. Je me suis aperçue que Bruno me souriait, dans son body rouge, et qu'il m'avait tellement manqué. Il n'y avait plus seulement Sofia.

Bruno a été notre psychologue à tous. Avec lui, la vie est entrée dans notre maison. Passé les premiers mois, il nous a offert ce dont nous avions besoin, la beauté de la normalité. Il nous a aidés tous les trois, Mario, Sofia et moi. Le voir grandir nous a semblé si beau, que nous nous sentions incrédules : comment est-ce possible que tout soit aussi simple ? Le syndrome de Rett qui nous avait pris un morceau de Sofia nous avait rendus si lucides que tout chez Bruno nous paraissait être un cadeau.

Le cas de Sofia s'aggravait et Bruno parvenait malgré tout à nous rendre joyeux, avec ses premiers mots, ses chansons, sa voix. Sa voix tellement belle. Il sautait sur Sofia et éclatait de rire. Et puis il y a eu tous les jeux que j'avais inventés pour Sofia mais que je n'avais pas pu tester. Et les courses. Les jambes d'un enfant qui court me procurent une joie folle. Il nous a sortis de la maison, nous avons pris des petits trains, nous sommes allés au parc, dans les magasins de jouets. Avec lui, Noël a eu une autre saveur. Sans le savoir, il offrait aussi des morceaux de vie à sa sœur. Je garderai toute ma vie le souvenir de Sofia sur les montagnes russes, agrippée à son frère, qui lui tient la tête. Quand Bruno a soufflé sa troisième bougie et que nous avons poussé la porte de l'école maternelle, il m'a semblé être Alice au pays des merveilles. Entrer dans une école et voir ton fils rire avec d'autres enfants est un cadeau, un de ceux qui te rendent éternellement heureuse.

Bruno n'a fait qu'une bouchée de la Rett. Et, lentement, le monde parallèle de Sofia s'est mêlé au monde simple de Bruno. Ses premières fois sont toutes inscrites en moi. Lui qui chante aux spectacles de l'école. Qui a toute une flopée de copains à inviter à la maison. Et Sofia toujours collée à lui. Ses questions sur tout. Ses questions que je conserve précieusement afin de mieux comprendre ma fille qui n'a jamais pu me les formuler. Les cours de natation. Lui qui me fait coucou et me demande de le regarder avant de plonger. Les plongeons. La maison à la mer. Les grands-parents aux yeux qui rient. Les grands-parents qui deviennent complètement gagas, à chaque fois qu'ils entendent sa petite voix. Bruno sur le figuier, sur le vélo. Bruno qui fait le fou sur sa trottinette. Ses yeux grands et profonds, les caresses qu'il prodigue à Sofia, les éclats de rire avec ses cousins, Vittoria et Luca. Les films. Le cinéma et le pop-corn. *Toy Story*, Woody, Buzz qui file à travers la maison et Bruno qui crie : « Vers l'infini et au-delà ! » *Le Gruffalo*, lu à quatre dans le lit. Nonno Ezio, Mario et Bruno au stade. Les fables d'Ésope racontées par grand-mère Anna. Les cours sur comment changer une chambre à air avec grand-père Gianni. Les Beatles de tante Vera. Les câlins de Vittoria et ses mondes imaginaires. Les sauts de cabri de tonton Daniele. Les dessins et moi, dans ses dessins. Sa première amoureuse, Michela. Mario et Bruno qui chantent dans la voiture. Les chutes. La balançoire qui va jusqu'aux nuages. Bruno qui pousse le fauteuil de Sofia, qui la nourrit, qui apprend à parler sa langue. Tous les quatre, nous avons vécu des journées exaltantes. Bruno est notre monde entier. Le monde entier de Sofia. Le coach de nos vies. La Rett ne nous avait pas pris notre joie de vivre. Mais elle avait laissé dans notre vie des trous noirs que notre fils est venu peindre en jaune.

Il y a des choses auxquelles tu ne penses pas quand ta fille est atteinte d'un handicap grave. Des choses qui t'échappent. Comme la lettre au Père Noël. Dans les grands magasins de jouets, il n'y a rien pour une petite fille privée de l'usage de ses mains. Les jouets qu'on voit dans les publicités ne sont jamais adaptés à Sofia. En réalité, rien de ce qui passe à la télévision ne lui parle ou parle d'elle. Les enfants avec un handicap moteur ont des jouets adaptés, reliés à un bouton. Peu de jeux ont été adaptés. Ils sont commercialisés à un prix exorbitant, excessif même quand il s'agit d'une vache qui meugle si on presse le bouton. Et ils sont difficiles à offrir à une petite fille qui aime *La Reine des neiges* et *Cendrillon*. Aujourd'hui, Sofia est capable de choisir ce qu'elle veut, en utilisant son pointeur oculaire, mais en 2014 nous étions bien loin de cette invention. Il arrivait souvent que la veille de Noël, Mario et ses amis cherchent des solutions technologiques pour rendre l'attente du Père Noël excitante pour elle aussi. Un soir, j'étais rentrée à la maison, après avoir cherché désespérément quelque chose pour Sofia. Je m'étais cachée dans l'ascenseur en espérant que personne ne me surprenne et je m'étais mise à pleurer. À gros sanglots. Mais dans l'ascenseur, il y avait Anna, notre nouvelle voisine de palier. L'ascenseur est monté jusqu'au cinquième étage et elle n'a rien dit. Elle m'a écoutée sangloter, en gardant ses yeux baissés. Quand les portes se sont ouvertes, elle m'a proposé d'entrer chez elle pour prendre un café. Je ne voulais pas que Bruno et Sofia me voient dans cet état, alors j'ai accepté. Cette rencontre a été un signe, un des plus importants jamais reçus. Anna avait remarqué le fauteuil de Sofia sur le palier. Elle m'a dit d'une traite qu'elle avait eu une fille atteinte d'une maladie génétique rarissime et que sa fille était morte deux ans auparavant. À Noël. Elle savait pourquoi je pleurais, parce qu'elle aussi portait en elle un monde différent. Elle m'a dit de profiter de la présence de ma fille, c'est tout. De profiter de sa présence.

Quand je suis rentrée à la maison, Bruno avait préparé deux lettres pour le Père Noël. Avec de la colle et des ciseaux, il avait découpé et collé sur du papier rouge les jouets qu'il avait trouvés dans des prospectus de supermarchés. Il avait demandé à Sofia les jeux qu'elle voulait et elle lui avait répondu avec les yeux. « Regarde, maman, m'a dit Bruno, si elle regarde à gauche ça veut dire oui, si elle montre la droite, c'est non. »

Voir mes enfants l'un en face de l'autre à la recherche d'une communication difficile mais possible m'a fait l'effet d'une gifle en plein visage. Voir un enfant si jeune, avec la capacité de rester en place face à la diversité et cherchant à comprendre comment s'approprier ce qu'il nous avait vus faire mille fois, nous a enseigné une chose fondamentale : il ne faut pas avoir peur. Peur de la souffrance de Bruno du fait de sa sœur malade. Peur d'ennuyer ou d'irriter Bruno avec nos essais incessants pour établir une communication avec Sofia et lutter contre le silence. Peur de ne pas trouver de jeux adaptés pour elle. Ce sont des peurs de parent, et pas des peurs d'enfant. Bruno vit sa sœur simplement comme une sœur. Alors voilà le secret : savoir rester en place face à quelque chose qui ne te ressemble pas.

Pour Bruno, il est normal de voir des images de nourriture et de jouets partout dans la maison, comme il est normal d'entendre le mot « crise ». Une fois, il a même expliqué à un de ses amis que quand Sofia fait sa crise d'épilepsie, il faut la mettre sur le côté et puis elle dort. Aucun problème. Aucune peur. Ah si, une seule. Les enfants écoutent tout, même si nous sommes deux pièces plus loin, et ils apprennent en suivant notre exemple. Voilà ce qui me fait peur.

14

Les grands-parents savent voir au-delà

Le 7 janvier 2017, nous étions prêts à partir. Les vacances de Noël à Tarente avaient rechargé nos batteries, avant les mois d'hiver à Vérone. Sofia avait été plutôt en forme et Bruno avait encore dans les yeux la magie de Noël, qu'il avait partagée avec ses cousins. La Befana avait déposé, entre les branches d'un pin que nous avions décoré pour l'occasion, des bonbons et des chocolats. C'est pour cela que nous n'avons pas attaché trop d'importance à la nausée et aux haut-le-cœur que Bruno a eus, juste avant de monter en voiture. Trop de bonbons. Les grands-parents ne disent jamais non à leurs petits-enfants, et Bruno en avait mangé vraiment beaucoup.

Le voyage de retour fut beau. Tout était recouvert d'une neige d'un blanc immaculé. Cette neige qui, lorsqu'elle tombe en Italie du Sud et autour du golfe de Tarente, fait souffler sur le pays un vent de folie. Les aéroports étaient fermés à cause du gel et nous avons dû parcourir les neuf cents kilomètres dans une voiture de location. Je travaillais dans une école primaire comme enseignante spécialisée. J'avais hâte de retourner dans ma classe. J'aime beaucoup mes enfants mais j'aime aussi infiniment mon travail.

Deux jours plus tard, nos journées ont repris leur rythme frénétique. J'étais à mi-temps parce que Sofia et Bruno me fatiguaient beaucoup. Je ne parvenais pas à tout faire. Le travail, la maison, la famille, le mari et l'hôpital avec les médecins.

Juste après Noël arrivent leurs anniversaires, le 16 et le 30 janvier. Cette année-là, Sofia fêtait ses sept ans et Bruno ses cinq ans. Moi, je suis née le 29 janvier, mais je ne célèbre jamais mon anniversaire, à l'exception d'une fête surprise pour mes quarante ans. Cette année-là, j'ai réussi à faire venir à la maison les copines de Sofia, pour un goûter déguisé, et j'ai loué les services d'un magicien pour la fête de Bruno. Il allait bien. Je ne peux dire combien de fois j'ai visionné les vidéos et les photos de ce moment-là, afin d'essayer de comprendre quand le mal avait commencé à grandir en lui. Dans une vidéo, alors qu'il souffle ses bougies, on voit d'une manière presque imperceptible qu'il a le souffle court. Mais il allait bien. L'hiver est passé, et déjà avec ma sœur nous préparions au téléphone les vacances d'été. Nous sommes ainsi. Un pied dans les Pouilles, un pied en Vénétie.

Bruno était grognon, en colère. Je me souviens que vers la fin de février j'ai garé ma voiture en bas de chez nous, après une réunion à l'école. Je craignais de pousser la porte de ma maison. Depuis une semaine, Bruno ne dormait pas, il était toujours énervé. Nous étions sans cesse dans la confrontation et puis il ne voulait rien manger de ce que je lui préparais. J'ai appelé mon amie Valeria depuis ma voiture. J'ai passé un deuxième puis un troisième coup de fil à Antonella. Je voulais leur demander si leurs enfants aussi s'agrippaient à leurs jambes le matin en les implorant de ne pas sortir de chez elles. S'ils lançaient leurs biscuits par terre. S'ils criaient à chaque fois qu'elles affirmaient quelque chose et s'ils refusaient d'aller à l'école. Ça faisait dix jours que Bruno se comportait ainsi et je n'arrivais plus à maîtriser la situation. Je n'y étais pas habituée. J'étais habituée à Sofia et à la présence tendre de Bruno. Par trois fois, je suis arrivée en pleurs à l'école, devant mes élèves stupéfaits. Mes rapports avec les parents d'élèves se sont détériorés. J'ai dégringolé de mon piédestal. Après avoir été la maîtresse préférée de l'école, je suis devenue la maîtresse la plus honnie et la plus incompétente. L'année de mon incompétence. Enseigner est le travail le plus difficile qui soit, devant toi se trouvent les élèves et derrière les élèves, les parents. Je ne parvenais plus à retenir mes larmes entre les crises de Bruno et les hospitalisations de Sofia et mes élèves n'étaient pas tenus de le comprendre. Mais je suis convaincue qu'il est important pour les enfants d'apprendre que même les adultes peuvent pleurer et que ça fait partie de la vie. Avec Bruno et Sofia, nous avons dévoré beaucoup de livres sur les émotions. Celui où le petit Luca se transforme en monstre enragé était le plus plébiscité au mois de février 2017. Bruno me demandait de le lire plusieurs fois par jour et puis, tout à coup, il se mettait à pleurer.

Peut-être que c'est ça qui a fourvoyé les médecins. Ils l'ont vu comme le petit frère d'une fillette gravement malade, ils ont pensé qu'il souffrait d'une forme de dépression. Il vomissait de plus en plus souvent. Tous les matins, il se réveillait et il vomissait. Il lui suffisait de sentir l'odeur du café ou de voir quelque chose avec la consistance du plastique. Tous les matins, il refusait d'aller à l'école et il maigrissait de jour en jour.

Je désirais de toutes mes forces que Bruno aille mieux, je priais la nuit, dans mon lit, et je me torturais en repensant à chacune de mes paroles, à chacun de mes actes, à ceux de Mario, afin de découvrir pourquoi Bruno avait plongé dans cet état d'anorexie et de dépression. J'étais de nouveau aux prises avec ma culpabilité de mère, dont je ne parvenais pas à me défaire. Je me repassais les différents moments de sa vie. Il avait été heureux, j'en étais sûre. Souriant chaque jour, curieux, précoce dans les apprentissages du langage et de la marche. Il chantait avec moi, de sa voix d'ange. Il avait couvert Sofia d'affection. Où nous étions-nous trompés ? Comme Bruno, nous avons tous commencé à ternir. Je cherchais désespérément des conseils. Je demandais à ma mère, nous parlions de jalousie entre frères et sœurs. J'ai fait la liste de ses aliments préférés, nous faisions les courses ensemble, il souriait, puis sans prévenir il vomissait devant la nourriture.

Sa maîtresse a fini par m'appeler elle aussi, préoccupée. Je courais de mon école à la sienne, abandonnant mes élèves et mes collègues, le poids de l'humanité entière pesant sur mes épaules. Nous n'étions pas prêts pour d'autres maladies. Mario refusait de céder aux caprices de Bruno sur la nourriture. Nous étions fatigués, trop éprouvés par la Rett pour accepter l'idée que Bruno puisse être malade. Et puis nous ne comprenions pas. Nous ne parvenions pas à interpréter cette crise affective. Et nous, qui avions toujours gardé le sourire, qui avions réussi à apprivoiser la Rett et à ajouter des couleurs à notre vie pour ouvrir le champ des possibles, nous n'avions plus la force de comprendre là où les choses avaient déraillé.

Mais Bruno n'était pas déprimé. Bruno avait une tumeur au cerveau, une tumeur qui grandissait, pendant que nous auscultions l'intérieur de nous-mêmes.

En mars 2017, Bruno a connu ses premières hospitalisations. Mars, c'est le retour du soleil. Nous avons passé ce mois à l'hôpital, mais personne n'a rien compris. La Rett nous a trahis deux fois. Elle nous a poussés à chercher du mauvais côté. Elle a même fourvoyé le pédiatre le plus renommé de Vérone. Pour lui, la Rett était responsable de tout, Bruno somatisait la maladie de sa sœur. Les résultats des analyses étaient parfaits.

Nous avons décidé de nous adresser à une psychologue. Mario et moi étions épuisés et ça se voyait. Nous avons déballé, pendant la première séance, toute notre vie avec Sofia, mentionnant seulement les moments difficiles. Le mal-être de Bruno nous avait vidés de nos forces. À la fin de la séance, elle nous a dit que les nausées de Bruno traduisaient l'écœurement de notre vie. J'étais alors trop fragile pour ne pas accepter ces propos. L'erreur venait sans aucun doute de moi. Et la revoilà, la figure de la mère, responsable de tout. Je venais enlacer Bruno la nuit, je sentais ses os contre les miens, j'entendais ses cauchemars et j'étais incapable de l'aider. Je lançais des assiettes contre les murs, au énième refus de nourriture. Je pestais contre lui, contre ses caprices, ses refus. Je continuais à courir de mon école à la sienne et à l'amener à l'hôpital, avec un mélange de rage et d'angoisse. Ce fut un mois d'avril ensoleillé. Un mois parfait pour aller au parc de jeux. Celui où Bruno aimait faire la course avec moi, filer sur sa trottinette, toucher le ciel avec la balançoire. Celui où il emmenait le fauteuil de Sofia et où il la poussait à toute allure, jusqu'aux chèvres qui attendaient qu'on les nourrisse. Ce fut un mois d'avril ensoleillé, le parc et les chèvres étaient là. Mais Bruno avait disparu et moi aussi, par la même occasion. La photo où nous sommes tous les quatre, dans le jardin public Raggio di Sole*, se décolorait peu à peu. Le carnet dans lequel nous avions écrit que, malgré la Rett, nous allions vivre et non pas survivre se consumait à petit feu.

En avril, nous nous sommes traînés à Tarente. Ma mère a demandé à me parler et elle m'a dit,

* Jardin public de Vérone, dont le nom signifie « rayon de soleil ».

droit dans les yeux, que Bruno souffrait de quelque chose de grave. Elle en était certaine. Je lui ai répondu que les médecins étaient convaincus que son mal-être était psychologique. Ma mère refusait ce diagnostic. Mon beau-frère aussi avait des doutes. Les grands-parents savent voir au-delà. Mais nous ne les écoutons pas. Quand tu as une fille avec une maladie rare, tu penses avoir déjà payé ton tribut au destin et à la souffrance. Tu crois avoir signé un contrat dans lequel tu t'assures que rien de plus ne peut arriver à ta famille.

J'ai une photo de ces jours-là, à Tarente, du visage décharné de Bruno, de ses yeux éteints, des sourires évanouis. Il y a tous mes amis sur cette photo, et il y a aussi la tumeur, qui s'est infiltrée entre le sentiment de culpabilité et les idées reçues.

15

Une putain de famille heureuse

Mai est un mois difficile pour les enseignants. Moi, je m'étais mis en tête de lancer un projet théâtral autour des émotions. En même temps, il y avait les évaluations, les entretiens avec les parents, les réunions interminables, la fête de fin d'année. Je me sentais submergée. Sofia souffrait de la chaleur et elle enchaînait les crises d'épilepsie. Bruno ne mangeait plus rien, à part des pizzas. Il avait fait une gastroscopie mais le résultat était négatif. Il n'avait rien à l'estomac.

Un jour, devant ma classe, j'ai eu la conviction qu'il fallait que je cherche ailleurs. La gastro-entérologue, le pédiatre, la psychologue s'étaient trompés. Je le sentais. Nous n'étions pas une famille de nauséeux. Nous étions, tous les quatre, une putain de famille heureuse. Le soir, j'ai fait des recherches sur internet. J'ai rentré tous les symptômes de Bruno, nausées, vomissements, inappétence, perte de poids, variations de l'humeur, colère incontrôlable. Je me suis souvenue que pendant un des séjours à l'hôpital de Bruno, quelqu'un avait décidé de contrôler son fond d'œil. Il avait écrit quelque chose que j'ai ajouté à la liste de symptômes. J'ai appuyé sur *Entrée*. Google m'a répondu en deux mots : tumeur cérébrale.

La première chose que j'ai vue, c'était la vidéo d'un petit garçon. Mario est entré dans la pièce à ce moment-là et il m'a regardée. Peut-être que j'étais blême ou que mes yeux lui ont fait peur. Il m'a dit d'arrêter immédiatement de chercher des maladies inexistantes et de rester calme. Je lui ai demandé de me prendre dans ses bras et de me serrer le plus fort possible. J'ai espéré qu'il emporterait loin la crainte qui venait de s'insinuer en moi.

Le 30 mai, mon tout-petit a décidé de participer au spectacle de fin d'année, malgré son état de santé. J'avais passé la semaine à l'hôpital avec Sofia et je me prenais à rêver que tout allait se résoudre avec l'été, à la campagne avec les miens, avec le cousin Luca et la cousine Vittoria. Avec une étreinte de ma terre et de la mer. Bruno a vomi à l'école. Sa maîtresse de moyenne section était inquiète. Elle a tenté de le convaincre de rentrer chez lui, mais il a insisté. Il voulait terminer ce qu'il avait commencé. Les enfants portaient tous un tee-shirt blanc, il faisait chaud, Bruno a chanté dans le jardin de l'école avec ses camarades. Il me regardait et semblait me dire de rester tranquille. L'espoir est revenu pendant deux heures.

Après la fête, il a vomi encore. Nous sommes rentrés à la maison et nous avons dessiné un avion, l'avion qui nous permettrait de revenir à ce que nous étions avant. Nous avons appelé sa tante Francesca et elle nous a dit que sa maison était prête à nous accueillir. Nous avons entendu derrière elle Vittoria qui criait d'enthousiasme.

L'après-midi, notre pédiatre est venu pour Sofia. Je lui ai demandé d'ausculter Bruno, si maigre. Et, un peu honteuse, je lui ai parlé dans un filet de voix de ma recherche sur internet. C'était vraiment quelqu'un de très compétent et d'attentionné, un médecin exceptionnel. Sa voix m'a tranquillisée. Non, Bruno n'avait pas de tumeur et moi je me tracassais pour rien. La Rett, le regard qu'on porte sur les mères d'enfants malades, l'impossibilité d'envisager qu'une même famille puisse être frappée par deux tragédies continuaient à nous aveugler tous.

Le 31 mai, les grands-parents sont arrivés à Vérone. Ils étaient tellement inquiets qu'ils avaient débarqué, incapables de laisser passer un jour de plus sans me dire de vive voix d'emmener Bruno en urgence à l'hôpital. Quand elle regardait son petit-fils, ma mère voyait un squelette, et moi non.

Dans l'après-midi, la gastro-entérologue a décidé d'alimenter Bruno par intraveineuse, car son état s'était dégradé depuis la dernière fois. Il a dormi jusqu'au soir dans la chambre d'hôpital et, depuis le fauteuil à côté de son lit, j'ai écrit à Mario à quel point j'étais impatiente de partir en vacances. Il m'a promis que tout serait résolu bientôt. J'ai écrit à mes amis, à ma sœur et à ma tante Vera. J'ai regardé une vidéo où nous étions aux cascades de Molina. Sofia était sur les épaules de Mario et Bruno sur la balançoire qui s'élève au-dessus de l'eau. Quelque chose était sur le point d'arriver. Quelque chose d'horrible, je le sentais dans ma chair.

Le soir, j'ai quitté l'hôpital et je suis rentrée à la maison pour dormir. Mario m'a remplacée. Il voulait que je me repose. Bruno dormait toujours. Avant de partir, je l'ai embrassé sur le front, en lui promettant de revenir avec le cadeau que sa grand-mère lui avait apporté.

16

Mon petit Gugu

Je me suis endormie avec Sofia à neuf heures. À deux heures du matin, le téléphone a sonné. C'est toujours un coup de téléphone qui bouleverse ma vie. Les mots qui retentissent dans le combiné font disparaître les rues, les visages, les rêves. J'ai revécu ce jour de nombreuses fois. En détail. La voix de mon mari qui ne laisse pas transparaître ses larmes mais qui me demande de venir. Bruno me cherche, il ne parvient pas à dormir. La robe que j'enfile et qui sera mon seul et unique vêtement pour les vingt et un jours à venir. Le baiser à ma mère et à mon père, à qui j'annonce que je cours juste un moment à l'hôpital. L'air printanier de la nuit. Le silence des rues, et moi, derrière les vitres fermées de la voiture, qui crie et implore Dieu, quel qu'il soit, de ne pas me trahir. Avec une voix qui n'est pas la mienne, une voix que je ne reconnais pas, je crie pendant les dix minutes que dure le trajet, je m'adresse à l'univers. Faites que Mario ne m'ait pas menti et que Bruno soit là à attendre que je le prenne dans mes bras pour pouvoir s'endormir.

J'ai couru sur la route qui va du parking à l'entrée principale de l'hôpital de Borgo Trento. Tout était silencieux, je ne respirais plus. J'aurais dû les trouver tous les deux, dans la chambre. J'ai jailli de l'ascenseur. La doctoresse qui devait m'empêcher d'aller plus loin n'en a pas eu le temps. Quand j'ai vu la chambre vide, j'ai compris. Pas tout encore, une partie seulement de la douleur immense. « Où est-il ? » ai-je demandé. Je voulais juste savoir s'il était vivant, je le voulais vivant, je devais lui demander pardon de l'avoir laissé ce soir-là. D'avoir laissé des étrangers juger une famille comme la nôtre. Une famille aussi belle. De l'ascenseur est sortie une blouse verte, une bouche qui m'a dit « Bruno est vivant, il n'est pas dans sa chambre, suivez-moi ». Je veux voir Bruno. Je crois que je l'ai répété sans relâche. Je veux voir Bruno, en descendant je ne sais où. Je veux voir Bruno, en entrant dans une chambre où se trouvaient trois autres médecins. Je veux voir Bruno, alors que Mario arrive, la tête basse, essoufflé de ne pas avoir réussi à me trouver avant eux. Avant ces gens-là qui s'apprêtaient à me rompre les os.

« Asseyez-vous, madame.

— Non ! Je veux voir Bruno. »

Le médecin a commencé à parler. Mario était devant moi, il pleurait. J'attendais qu'on m'explique et je pensais à mon tout-petit qui se trouvait quelque part, seul. Le jeune médecin, ce médecin extraordinaire, envers qui je serai éternellement reconnaissante, avait décidé de faire passer un scanner à Bruno, dans la nuit, lui sauvant la vie par la même occasion. Il m'a annoncé qu'il s'agissait malheureusement d'une néoplasie. Une néoplasie maligne.

Bien, maintenant je sais. J'ai fait le tour de la table pour prendre Mario dans mes bras. Je ne parvenais pas à pleurer, j'étais enfermée en moi-même, peut-être même que je n'étais pas là. J'ai pensé que c'était un rêve, un de ceux que cause l'angoisse. Je regardais les médecins et je les entendais prononcer le prénom de mon fils, d'une voix funeste. En silence, je leur ai demandé de se taire. Mon cœur parlait à travers ma bouche. S'il vous plaît, je vous en prie, je vous en supplie. Pourriez-vous prendre soin de ce prénom qui résonne entre vos lèvres? Quelqu'un ici aurait-il l'obligeance de dire *Bruno* à ma façon? D'une voix douce, comme quand je l'appelais dans mon ventre, ou d'une voix forte pour le gronder. D'une voix qui susurre pour l'endormir ou d'une voix aimante pour parler de lui. Ou alors sur l'air des chansons que nous entonnions en voiture. J'étais toujours debout, mais en réalité j'étais par terre, éteinte. Où est mon petit Gugu? C'est ainsi que nous l'appelions tous, c'est ainsi qu'il avait prononcé son prénom à un an, et c'est ainsi que je voulais prendre des nouvelles de mon tout petit garçon âgé de cinq ans. Gugu était forcément quelque part.

Ils m'ont expliqué que la situation était très grave. J'avais l'impression que leurs mots glissaient sur moi, sans que je ne parvienne à en prendre la mesure. Mon cerveau a enregistré avec confusion l'annonce de cette tragédie. Comme s'il barrait la route à certaines phrases.

Ils m'ont accompagnée jusqu'à Bruno. Il dormait dans un petit lit en salle de réanimation. Il était presque dans le coma. La tumeur était trop grosse et le liquide céphalo-rachidien pressait sur le tronc encéphalique. L'anesthésiste devait le préparer à la longue opération pour enlever cet alien qui aspirait son enfance. Je me souviens de lui avoir donné des baisers semblables à des morsures, comme pour pouvoir le garder avec moi. Je l'embrassais et, avec mes lèvres, j'arrachais de son visage les odeurs, les saveurs, les souvenirs. Après, ils l'ont emmené. À partir de ce moment, et pendant un mois interminable, je me suis perdue à moi-même.

Nous étions restés seuls, Mario et moi. Je ne sais à quoi il pensait. Moi, je crois être devenue folle. Je voulais m'évanouir, mais je ne parvenais pas à perdre connaissance. La douleur était si grande que je suppliais la mort de venir. J'avais des crampes à l'estomac, le sang pulsait dans mes jambes. Et je ressentais une colère immense, une rage telle que je me suis précipitée dans l'église de l'hôpital afin d'en décrocher le crucifix.

Il était quatre heures du matin, et il fallait l'annoncer à la famille. Mais comment dire l'indicible ?

Après l'opération de Bruno, et alors que l'inacceptable nous était à tous devenu familier, une expression d'incrédulité est longtemps restée gravée sur le visage des grands-parents de Bruno. Comme si ce qui nous arrivait ne pouvait pas être vrai ni réel. Aujourd'hui encore, cette expression traverse parfois leurs regards. Ma sœur s'est mise à hurler, depuis Tarente, toute la douleur qu'elle éprouvait pour moi. Ma tante Vera est tombée de son lit à Turin. À Vérone, dans notre maison, mon amie Barbara a tenté de le dire à mes parents qu'elle avait fait asseoir sur le canapé. À Tarente, Nonno Ezio et Nonna Ida sont morts pour la deuxième fois.

Gugu et sa vitalité avaient rendu supportable la maladie de Sofia, pour nous les parents, mais surtout pour le reste de la famille. Les grands-parents sont des parents qui pleurent deux fois. Et les oncles et tantes ont besoin d'un discours particulier. Je suis sûre, même si cela reste tabou, que ma sœur se sent coupable d'avoir deux enfants en bonne santé. Elle ne le dit jamais, mais je le vois dans toutes ses actions. La maladie de mes enfants lui a volé, à elle aussi, tout un pan de vie. Je crois même qu'à un moment donné elle aurait aimé pouvoir partager avec moi le lot des maladies. Une maladie chacune. Ma sœur est ma meilleure amie. Elle a traversé mon propre enfer. Vera, la sœur de Mario, a perdu l'insouciance et le désir d'avoir des enfants. Le regard qu'elle porte sur son frère malchanceux est celui d'une mère qui souffre. Je pense à mes beaux-parents, qui n'ont pour petits-enfants que Bruno et Sofia. Ils auraient aimé pouvoir tout leur offrir et, au lieu de cela, ils les ont vus souffrir. Je pense à ma mère et à mon père, qui rêvent de pouvoir troquer leurs vies contre celles de mes enfants. C'est pour toutes ces personnes que j'ai décidé de travailler sur le bonheur que je porte en moi.

Et puis, il y a Vittoria. Ma nièce. La cousine, la sœur, la meilleure amie de Bruno, à qui on a dû annoncer que, non, cet été, nous n'irions pas tous ensemble à la campagne pour jouer. Cette merveilleuse petite fille, que j'aime comme ma fille, a subi elle aussi ces deux diagnostics, les pleurs intarissables, et un été sans jeux, sans soleil. C'est aussi pour elle, pour ce qu'elle a fait et qu'elle continue de faire sans s'en rendre compte pour ses cousins, que je dois renaître. Et puis certaines choses ne changent jamais. Il faut savoir marcher avec les chaussures qu'on t'a données.

Pendant que le chirurgien ouvrait la nuque de mon fils et faisait connaissance avec le médulloblastome, à l'autre bout de l'Italie mon ami Pierpaolo rêvait de Bruno, assis sur une chaise, avec la tête penchée en avant. Dans la lumière, des anges lui coupaient les cheveux à grands coups de ciseaux. Il ne savait pas encore pour Bruno. Et moi je ne savais pas qu'une opération du cerveau se pratique sur un patient assis.

Pendant neuf heures, je suis restée allongée par terre, derrière une porte fermée, à attendre Bruno. Neuf heures pendant lesquelles j'ai demandé pardon. Pardon à Bruno pour la fois où je lui avais refusé un dernier tour de manège, pardon pour la gifle sur la joue, pardon d'avoir repris le travail, pardon d'avoir pensé que mes élèves méritaient que je leur consacre plus de temps qu'à lui, pardon de m'être endormie trop vite un soir, pardon de ne pas lui avoir cuisiné de frites. Je voulais le revoir, une fois seulement, pour lui dire que je l'aimais, et que j'étais rentrée à la maison la veille parce que Sofia m'y attendait. Je détestais Sofia. Sa maladie stupide m'avait dérobé des moments si précieux. Je balançais mon corps d'avant en arrière et je priais pour que Bruno survive. Pendant que je sombrais en moi-même, Mario avait déjà activé toutes ses compétences pour comprendre ce qui nous arrivait et décider de l'après. Mais pour moi, il n'y avait pas d'après. Nous nous sommes violemment disputés. J'envisageais la mort et lui non. Il ne supportait pas ma réaction. Je l'ai haï de toutes mes forces. Lui au contraire m'a sauvée. Il s'est battu pour que notre famille ne meure pas. Avec le temps, les peurs se sont déplacées de moi à lui. Et un jour, mon tour est venu de nous sauver tous les quatre. Régulièrement, nous nous passons le témoin.

Pendant que ma foi m'abandonnait, des prières pour Bruno se sont élevées de partout en Italie. Nos proches ont sauté dans des avions, ils ont instauré un roulement, des groupes WhatsApp ont été créés pour organiser la préparation des repas pour notre famille. Et alors que je décidais que je me jetterais du toit si jamais Bruno ne survivait pas à l'opération, j'ignorais qu'un nombre infini d'amis étaient prêts à me rattraper dans leurs bras, en plein vol. Et alors que je m'acharnais à coups de poing et de pied sur la porte de l'église de l'hôpital, pour demander des comptes à Dieu, j'ignorais que des centaines de photos de Bruno s'étaient mises à voyager à travers le monde, entre l'Italie, la France, la Belgique et le Canada, et que si Dieu n'avait pas existé, la lumière de tous ces gens l'aurait fait jaillir du néant. J'ignorais jusqu'alors que l'être humain peut mourir. Aujourd'hui, j'en suis tellement consciente que c'est la mort elle-même qui accompagne chacun de mes pas pleins de vie. C'est la mort qui me rappelle de ne pas perdre mon temps.

17

Les grelots du fou

On peut mourir en été. Voilà une révélation incroyable. Comme si une main entrait dans ma poitrine, m'en arrachait le cœur, pendant que j'étais là, à regarder la mer.

Allongée devant la porte du bloc opératoire, je remettais de l'ordre dans les paroles du chirurgien. Il y avait cette phrase simple, prononcée dans un souffle : peut-être qu'il ne survivra pas à l'opération.

Les enfants meurent en été. Comme ça. Pendant qu'on prépare le voyage vers la maison de campagne, qu'on range les maillots de bain dans les valises, les enfants meurent. J'ai découvert que les enfants peuvent s'en aller aussi la nuit de Noël.

Pendant que dans une famille on déballe les cadeaux et qu'on festoie, une autre famille est à l'hôpital ou chez elle, dans le noir. Elle a éteint toutes les lumières. Ce qui est incroyable, c'est que rien ne sauve de la souffrance, pas même un jour de fête ou de préparatifs. Rien. La souffrance est là et c'est tout. On n'est pas prêt et on ne le sera jamais.

Combien font neuf heures ? Le temps se dilate, les voix rebondissent contre les murs, les vêtements. Darvina priait. Elle m'a confié plus tard que je ressemblais alors à Marie au pied de la Croix. Nous ressemblons tous à Marie lorsque nous sommes confrontés, impuissants, à l'inconnu. Mon amie gardait ses mains jointes au bord des lèvres et elle murmurait. Accroupie entre une porte et un brancard, elle restait là, inquiète à l'idée que j'entende ses prières, moi qui continuais à maudire ce Dieu malveillant.

Presque quatre heures avaient passé. Je me suis levée pour aller fumer. Ma longue robe de coton jaune, achetée en vue des vacances à la mer, flottait au vent dans ce lieu inapproprié. Mes jambes étaient lourdes. Absentes. J'avais perdu ma voix.

Je ne regardais plus le monde, mon univers se limitait à présent à une salle, interdite d'accès. En moi, seulement de la haine. De nouveau. Depuis l'espace fumeur, délimité par des graviers, j'ai aperçu des enfants à vélo le long de l'Adige. J'ai pensé que je les haïssais. Et pas seulement eux. Je haïssais tous les enfants et leurs mères aussi. Je haïssais Mario. Il continuait à me répéter de me calmer et il me posait des questions avec des mots que je ne comprenais pas. Il me demandait de prendre des décisions. Mais je n'étais plus là. Immergée dans la peur, je déclinais peu à peu. J'avais actionné le mauvais mécanisme. Dans *Les Grelots du fou* de Pirandello, Ciampa explique que notre cerveau est comme une horloge qu'on peut remonter à l'aide de trois clés : la sérieuse, la civile et la folle. J'avais tourné la clé qui rend fou. Mon corps bougeait indépendamment de ma volonté. Il tremblait, avait froid, sursautait, fléchissait. Je ne veux plus jamais éprouver cela, cette terreur de me retrouver dans l'obscurité.

Quand ils ont sorti Bruno du bloc et que je l'ai vu intubé et minuscule dans son lit immense, le monde autour s'est évanoui. Toutes les formes d'amour se sont éloignées de moi. J'étais, comme lui, dans le coma et intubée.

Ils nous ont expliqué que la tumeur était très grosse et qu'elle faisait des métastases.

Mario et moi, nous étions comme deux oisillons, à peine sortis de l'œuf, encore dans le nid, la bouche grande ouverte. Le chirurgien nous a mis au fond du bec ce message : Bruno ne parlera pas pendant longtemps.

Le silence de Sofia et le silence de Bruno, un vide assourdissant.

La voix de Sofia, la voix de Bruno, son « Maman, je t'aime » dispersé par le vent et le désespoir ont fait de cette robe jaune et de la femme qui la portait une ombre.

J'ai demandé si je pouvais rester avec lui en réanimation. Une adorable doctoresse a accepté. Ils m'ont donné une chaise et je me suis recroquevillée tout contre le lit de mon fils. Je suis restée sur cette chaise pendant vingt et un jours, dans un entre-deux où la vie parfois se montrait, pour se retirer aussitôt, avec effroi. Un lieu peuplé de médecins et d'infirmières, d'un calme et d'une gentillesse immenses, habitués au rythme immobile du coma. Parfois j'essayais de bouger, de poser les pieds l'un devant l'autre, de suivre les paroles du psychologue qui me poussait à rentrer chez moi. Mais je ne pouvais pas rentrer chez moi. J'avais l'image de Bruno qui ouvrait la porte en criant : « Maman ! Tu es rentrée ! » Sa chambre était vide. Ses épées posées dans un coin. Ses vêtements figés dans le temps, à l'intérieur d'une armoire que je ne pouvais ouvrir. Et il y avait le silence de Sofia.

Je n'aurais pas pu rentrer à la maison sans lui. Jamais de la vie.

Le lendemain de l'opération, les amis, les grands-parents, les cousins sont arrivés de Tarente. Ils étaient tous là, sur la galerie qui fait le tour de cet immense hôpital. Ils entraient chacun leur tour, en suivant les bandes au sol. Je les voyais passer entre les lits, entre les malades perdus dans les limbes d'un sommeil trop profond. Je voyais leurs yeux et leurs lèvres trembler, dès qu'ils s'approchaient de Bruno et moi. Les amis des soirées insouciantes, des fous rires incontrôlables, des voyages, des disputes, des *friselle* devant la mer, n'étaient pas préparés à ce qu'ils venaient voir. Peppino, notre ami toujours prompt à proposer son aide, à participer aux déménagements, à danser dans les fêtes de village, a pleuré sans pouvoir s'arrêter. Tous restaient muets, incapables de prononcer le moindre mot. Cette chambre n'était plus qu'étreintes et silences. Chacun venait avec le désir secret que Bruno se réveille, qu'il ouvre les yeux et qu'il remette de l'ordre dans ce grand chambardement des rôles et des émotions.

Il a ouvert ses immenses yeux noisette au bout de deux jours. Il m'a regardée et il m'a souri. Il a levé le pouce. Un geste tout simple qui m'a fait bondir de ma chaise et courir hors de la pièce pour hurler qu'il était revenu. Daniele, mon beau-frère, n'a pas pu réprimer ses sanglots. Tous ceux qui étaient là ont relâché leurs muscles et se sont comme affaissés. Je ne sais pas comment, mais ils se sont tous retrouvés assis par terre, à pleurer. J'ai pris Mario, Francesca et Vera dans mes bras et je suis retournée à l'intérieur.

Bruno est retombé dans le coma dix heures plus tard. Syndrome de la fosse crânienne postérieure. Le liquide, le même qu'ils avaient prélevé à ma fille pour établir le diagnostic, avait provoqué une hydrocéphalie. Il n'y avait plus seulement la tumeur. Il y avait aussi l'hémiparésie, la perte de la vue, le mutisme cérébelleux. J'étais pétrifiée. La clé qui rend fou a fait un tour de plus. Je ne parvenais plus à faire la différence entre mes deux enfants. Je n'écoutais pas Mario, ni le psychologue. Je ne voyais pas la moindre lueur d'espoir. Je répétais à Bruno que lui, il n'avait pas le syndrome de Rett. Je me penchais sur son corps maigre et je lui murmurais qu'il n'avait rien à craindre de la sorcière, qu'elle ne viendrait pas pour lui, qu'il allait guérir. Je le répétais à son corps immobile pour pouvoir l'entendre, moi. Entendre ma propre voix me détournait des sons rythmés et répétitifs des machines. Ces tic-tac qui nous signalaient que son cœur battait encore. Ces bruits qui, à chaque variation, accélération ou trop long silence, me terrassaient d'effroi. À chaque attaque cardiaque de Bruno, je bondissais de ma chaise et venais appuyer mon visage contre la porte. Bruno n'était plus mien. Mon enfant appartenait à des mains qui tout en le sauvant profanaient notre lien.

Une journée dans une salle de réanimation dure éternellement. Aujourd'hui encore, je ressens en moi ce vide, ce temps immobile. Dans ce lieu sans contours, je continuais à haïr tout le monde. Et dans mes pensées pleines de rancœur se trouvaient aussi Mario et Sofia. Je ne pouvais retourner à son silence à elle. Je ne comprenais pas la distance qu'il y avait désormais entre lui et moi. Je ressentais en moi la peur, la peur noire des contes. J'avais peur de voir mourir mon fils.

La peur génère la haine. Et la haine fait le vide à l'intérieur de nous. Elle détruit.

Je haïssais aussi mes amis. Eux, qui pouvaient entrer et sortir de la chambre de la douleur, quand moi j'y étais enfermée. Ma sœur, qui pouvait parler au téléphone avec ses enfants. Je haïssais mon amie Iole qui continuait à me répéter qu'elle comprenait tout. Je lui ai hurlé de s'en aller. Je haïssais tous ceux qui mangeaient, buvaient, se racontaient des histoires, pendant que mon fils mourait. Je fumais et je haïssais.

Mais ceux qui t'aiment restent toujours. Ils attendent. Ils te regardent marcher sur la corde raide et ils espèrent que tu ne tomberas pas. Et pendant que la haine t'éloigne du monde, c'est le monde lui-même qui bouge pour venir te chercher. Mon immobilisme a été compensé par l'action des autres. Des mamans de Vérone se sont organisées par roulements pour faire la cuisine et nourrir ma famille pendant un mois. Mon silence envers Mario a été comblé par nos amis. Ils lui ont tendu la main, l'ont accompagné dans d'autres hôpitaux, ils ont chargé notre voiture et organisé le retour de Sofia à Tarente. Pendant que je restais sans bouger, ma voiture a parcouru les neuf cents kilomètres dans un sens, puis dans l'autre, afin que Sofia puisse être au calme, à l'autre bout de l'Italie. J'étais paralysée, mais tout autour de moi s'est organisé pour que l'espoir survive. J'avais lâché les mains de Mario et de Sofia, mais quelqu'un d'autre s'en était saisi. Si Bruno était mort pendant ces jours-là, la haine m'aurait dévorée.

18

Pleurer à gorge déployée

Je suis une privilégiée, mon fils n'est pas mort. Il a pu commencer sa bataille contre le cancer. Son cœur de petit garçon a continué à battre et son âme d'enfant rebelle a trouvé comment se frayer un chemin et vaincre la peur.

Les mots interdits ont été ses premiers actes de rébellion. On ne dit pas de gros mots, mon fils le sait. Moi, un peu moins, parfois ils m'échappent de manière regrettable. C'est pour ça que j'ai volé à mon amie Debora son jeu des gros mots. La règle est simple : pendant dix minutes, exclusivement en voiture, on a le droit de crier tous les gros mots qui nous passent par la tête. Quand le temps est écoulé ou quand on sort de la voiture, plus de mots interdits. Pouvoir crier des jurons fait hurler de rire. Mais surtout, ça fait passer le goût de l'interdit.

J'étais assise sur la chaise, je regardais Bruno et, tout à coup, j'ai senti que je ne respirais plus. J'étais en proie à une crise de panique violente. L'infirmière s'en est rendu compte : « Madame, essayez de pousser sur votre diaphragme vers le bas. »

Mais j'étais paralysée.

« Poussez, madame, comme quand vous faites caca. »

Ses mots, dans ce lieu, dans cette situation, alors que je devenais rouge écarlate à côté de Bruno allongé, eurent un effet cocasse. Je n'ai pas réussi à me retenir : « Mais qu'est-ce que vous racontez, putain ? Allez vous faire foutre ! »

Mario était avec moi, et il s'est mis à rire. L'infirmière a fait de même et moi aussi. Et Bruno, avec les yeux fermés et la sonde qui lui descendait jusque dans les poumons, a ri. Il riait à gorge déployée. Avec ses lèvres asymétriques, l'œil gauche tout gonflé, le corps impuissant, son torse était bombé par le rire. Pendant les deux interminables semaines que nous venions de traverser, il avait été présent, il écoutait.

Nous avons commencé à glisser le mot « caca » dans toutes nos conversations, et ça fonctionnait. Il riait. Nous avons ajouté des variantes, que je n'oserais répéter ici. Chacun de nous, y compris les grands-parents, a inventé pour le petit Bruno des gros mots imprononçables.

Tous ces fous rires, et même ceux de Bruno, étaient trop violents pour être vrais. Ils ressemblaient à des pleurs déguisés en sourires. Mais nous avions tous besoin de pleurer à gorge déployée.

19

Des soldats étincelants

Pendant l'année qui a suivi, Bruno ne s'est jamais confié sur ce qu'il avait éprouvé pendant ces longs mois immobiles. Et puis, petit à petit, il a commencé à égrener des secrets. Par exemple, qu'il m'entendait pleurer et que ça ne lui plaisait pas.

Un jour, alors que nous étions en voiture, il m'a avoué d'une traite que pour se donner du courage, il pensait au parc d'attractions Gardaland, à nous tous réunis à la maison et aux frites. Il m'a raconté que pendant le trajet en ambulance, de Vérone à Rome, il pensait à la mer, aux cousins. Nous ne saurons jamais vraiment ce que peut éprouver un enfant qui se réveille dans un corps devenu étranger et loin de chez lui. Je le sais bien. Mais Bruno gardait aussi en mémoire des lieux heureux, des lieux et des visages semés comme des petits cailloux et qui montrent le chemin du courage.

À l'inverse, je n'aurai jamais connaissance des pensées de Sofia, de la peur qu'elle a dû éprouver, en se retrouvant pendant une longue période sans ses parents. Je demandais rarement de ses nouvelles, au début. J'avais de la souffrance jusqu'à ras bord, et celle de Sofia aurait tout fait déborder. Mon oncle Gino nous raconte toujours la fois où il a plongé du pédalo avec mes deux cousins. Ils ont commencé à se noyer. Mon oncle saisissait un de ses fils et puis il perdait l'autre dans la mer. Pendant quelques instants, il avait eu cette pensée : en sauver au moins un. Mon oncle est vieux aujourd'hui, ses fils vont bien, mais quand il raconte cette histoire, il suffoque encore au souvenir de cette pensée contre nature. Je me trouvais moi aussi face à ce choix. J'avais franchi le pas, je m'étais séparée de Sofia, je l'avais haïe à cause de la Rett, je lui avais dit « Au revoir, à bientôt » à l'oreille et je l'avais haïe encore parce que Bruno dans le coma aurait bien eu besoin d'un câlin de sa part. Peu à peu, j'allais retrouver mes esprits.

Je recevais des photos où elle semblait souriante. Mais qu'a-t-elle bien pu se raconter pour supporter la distance ? Notre premier été l'une sans l'autre. Pour la première fois, je ne planifiais pas sa journée, ses repas, ses activités. Et cela m'importait peu. Son père, en revanche, était allé la voir deux fois. Il était parvenu à rester lucide, contrairement à moi. Il savait que Bruno ne mourrait pas pendant son absence. Moi, je ne bougeais pas d'un pouce.

Quand je l'ai retrouvée en septembre, elle m'a semblé grande, très belle. Elle m'a paru aller mieux, s'être émancipée, avoir fait un pas loin de moi. Pendant presque quatre mois, ses grands-parents et ses oncles et tantes lui avaient enseigné autre chose. Elle avait dû apprendre à communiquer différemment. Le jour où elle m'a revue, elle a soupiré, Maman tu n'as pas disparu ! C'est surtout mon amour pour elle qui n'avait pas disparu. Je me suis sentie comme mon oncle, coupable d'avoir eu cette pensée horrible. Je ne l'ai pas lâchée pendant des jours, de peur que quelqu'un n'emporte de nouveau mon cœur au loin sans me demander mon avis.

En somme, nous avons été trimballées toutes les deux. Elle, vers les Pouilles et moi, à Rome.

Je me suis retrouvée dans cet hôpital de Rome seulement parce qu'on m'a mise dans l'ambulance. Mario m'y a mise. De force. Il voulait absolument que Bruno soit soigné à l'hôpital pour enfants Bambino Gesù. Avec son ami Germano, il avait pris un train, rencontré la doctoresse Angela Mastronuzzi et il était revenu, le cœur rempli d'espoir. Cet endroit était fait pour Bruno. Mario avait besoin de prendre des décisions. Il n'en avait pas eu l'opportunité, la maladie s'était manifestée de manière trop violente. Et c'est dans la précipitation qu'il avait laissé Bruno entre les mains du chirurgien de Vérone. Mario voulait être sûr d'avoir fait tout son possible. Moi, je n'en avais pas la force. Le soir du départ, nous nous étions disputés et il était parti. Pas très loin. Sur le banc, qui était sous notre fenêtre. C'est là qu'il avait passé la nuit, plein de culpabilité, de peur et d'amour.

L'hôpital de Rome ne ressemblait pas à celui de Vérone. L'ascenseur laissait à peine entrer le brancard de Bruno et la chambre minuscule n'avait qu'une petite fenêtre et un canapé qui avait connu des jours meilleurs. Il y avait tellement de bruit. Le bruit de la maison. Celui qui manquait à la perfection et à l'efficacité de l'hôpital de Vérone. Des voix un peu plus fortes. Des médecins aux visages souriants. Des histoires qui montaient des chambres. Des infirmières aux regards dénués de pitié pour moi. Moi, avec ma robe jaune, mes cheveux blancs, moi qui avais maigri de dix kilos, je n'étais pas leur problème. Ils devaient sauver Bruno et, pour le sauver, ils avaient besoin de moi.

La doctoresse a commencé par me dire qu'il fallait que je fasse quelque chose pour mes cheveux. Et quand je lui ai demandé avec inquiétude pourquoi Bruno avait l'œil aussi gonflé, elle m'a répondu, avec un geste éloquent, que non, ce n'était pas la tumeur qui était en train de sortir par l'orbite. Je l'ai haïe sur-le-champ.

Dès le soir, les infirmières nous ont exercés à l'autonomie : administrer la nourriture par la sonde naso-gastrique, calculer le poids du liquide contenu dans une couche, compter les calories. Nous étions déconcertés. Nous devions le faire seuls. Ils venaient contrôler. Voir si nous apprenions bien.

Nous revêtions des blouses vertes et des masques, et nous exécutions les mêmes gestes tous les jours pour nous désinfecter les mains et enfiler les surchaussures. Bruno restait immobile. Pourtant, toute cette normalité nous faisait nous sentir vivants, impliqués, avec une possibilité en plus. Le diagnostic ne changeait pas. Médulloblastome de stade 4, malin, chances de survie inconnues. Pour des cancers de ce type, on ne donne pas de pourcentage. Les chances d'être sauvé sont infimes pour certains et grandes pour d'autres, avec un même traitement.

Certaines facettes de la réalité nous demeurent obscures. Seul le temps permet de lever le mystère sur un lieu. Le département d'oncohématologie pédiatrique de Rome est l'enfer sur terre. Cet endroit ne devrait pas exister. Dans ces limbes, les enfants souffrent et meurent parfois. Mais cet enfer est fréquenté par des soldats étincelants, qui prennent le cancer à bras-le-corps, avec les parents, et l'apprivoisent peu à peu. Les infirmières et les médecins de l'hôpital Bambino Gesù savent qu'un enfant peut mourir, ils le voient, mais ils savent aussi qu'il peut vivre. Dans ce combat entre la vie et la mort, ils gèrent la douleur, la domestiquent, la cantonnent à un endroit précis, l'assomment à coups de claques. Et ils apprennent aux parents à en faire autant. Le message qu'ils transmettent, c'est que la vie, là-dedans, est encore de la vie. Ce lieu qui accueille les enfants pendant des mois infinis devient alors une famille, et les enfants restent des enfants, même avec le cancer. Je me rappelle que, dès le premier jour, l'infirmière s'est adressée à Bruno en disant : « Espèce de coquin ! » Je me rappelle aussi le jour où j'étais descendue prendre un café au bar de l'hôpital. Mes yeux gonflés regardaient dans le vide. Le barman m'a lancé : « Bah alors, ma petite dame, on est amoureuse ? »

Rien de tout cela n'est superficiel. Au contraire, c'est de la psychologie pure.

Deux jours après son arrivée, et malgré le coma, Bruno a commencé la chimiothérapie. Nous sommes programmés pour survivre et pour nous adapter à tous les événements qui arrivent dans une vie. La première chimio, de la terreur pure. Quarante-huit heures de perfusion. De désespoir. La chimio sauve, la chimio tue. On ne sait pas ce qu'il adviendra du corps au contact de ce poison qui guérit. Pendant que j'observais le sac jaune sur la tête de mon fils, je pensais que j'aurais aimé le boire à sa place, ce liquide au nom ténébreux. « Je suis désolée, Bruno, je lui disais, mais c'est pour ton bien. » Il existe certaines choses dont on ne peut sauver les enfants. À chaque goutte qui descendait dans sa poitrine, par la sonde, je pensais au mal que je m'étais donné pour l'introduction de légumes, au moment du sevrage. D'abord le céleri, en dernier les tomates, potentiellement allergisantes. La première cuillère de fruit, le premier essai de glace. Pas trop de gras et peu de chocolat.

Après la deuxième injection, Bruno s'est réveillé. Il a souri à son père et m'a donné des coups de pied. Il avait trouvé quelqu'un à détester, et c'était sa mère. Aujourd'hui encore, il déverse sa colère sur moi, mais je sais qu'il le fait parce qu'il m'estime capable de l'accueillir. Les valeurs de l'hémogramme ont commencé à chuter. Bruno a eu droit à des transfusions sanguines. Une mucite est apparue. Le voilà, le cancer, dans toute sa puanteur. La chimio sauve, la chimio tue, la chimio brûle les muqueuses de tout le corps.

Devant un enfant qui souffre, on ne trouve plus le temps de respirer. Dans chacune des chambres de l'hôpital un parent est confronté à l'impossibilité de soulever son enfant dans les bras et de le sauver du danger. Il nous faut rester calmes et apprendre de ceux qui passent leurs journées dans cet enfer. Ceux qui te disent que rien ne dure éternellement. Tout passe, point final. Même ça. D'une manière ou d'une autre, ça finira.

Même si, désormais, les gros mots n'avaient plus aucun effet, mon cousin est arrivé avec un « ventilateur à cul », à positionner près des fesses maigrissimes de Bruno, qui avaient la couleur violacée de la chimio. Si, si, on peut continuer à rire, même avec le visage grave.

Après mon cousin et cet objet déniché je ne sais où, Vera, Dario et *Star Wars* ont fait leur apparition dans la chambre minuscule. Ils ont monté un ordinateur et nous nous sommes immergés dans les histoires de Chewbacca et R2-D2. Ces personnages étranges ont traversé l'espace-temps pour venir s'asseoir sur le lit de Bruno. Certains jours, je les imagine encore là, dans cette chambre. Obi-Wan Kenobi et ses aventures ont vaincu la mucite.

La bande-son de *Star Wars* est devenue celle de la vie de Bruno. À son sixième anniversaire, nous avons caché notre tristesse derrière les habits de C-3PO, Chewbacca, Princesse Leia, Anakin Skywalker. Chacun de nous s'est déguisé, a travesti sa douleur et a livré son combat interstellaire. Bruno faisait un merveilleux Dark Vador. Il regardait en souriant la bande de fous que nous étions devenus.

Pendant que nous étions à Rome, les grands-parents et ma sœur s'occupaient pour la première fois de Sofia en continu. Sans eux, sans les soins qu'ils ont prodigués à notre fille, nous n'aurions pas réussi. Leur aide a été un acte très fort. Mes parents ont pris soin de Sofia alors qu'ils étaient vieux, qu'ils souffraient pour moi et qu'ils se trouvaient dans un lieu où ils pensaient pouvoir être tranquilles. Pendant ces longs mois, les douleurs articulaires de ma mère ont disparu. Le sommeil de mon père aussi. Ma mère avait écrit sur une feuille tous les médicaments à administrer à Sofia, quoi faire en cas de crise. Mon père avait compris en une semaine qu'endormir Sofia nécessitait autant de patience et de dévouement que faire pousser les plants de tomate. Notre fille passait l'été sans nous, mais en sécurité. Mon père avait pris sur lui pour rouvrir les portes de la maison de campagne sans Bruno. La vue de sa bicyclette frappait droit au cœur, et sur la terrasse il y avait son dinosaure. Un an plus tard, je l'ai retrouvé dans la chambre de Bruno. Mon père l'avait lavé et mis de côté, en attendant son petit-fils. Son autre grand-père, Nonno Ezio, avait lui décidé qu'il ne retournerait à la mer qu'avec Bruno. C'est un homme réservé, son compagnon de sudoku lui manquait, son petit-fils capable de le faire rire.

Pendant que le reste de la famille essayait de cacher toute cette souffrance à Sofia, nous apprenions à Rome à vivre avec la tumeur. Un peu comme le fait ma belle-sœur, qui combat une tumeur depuis des années et se teint les cheveux en violet ou en rouge.

Un soir, la petite fille de la chambre voisine est morte. Avec Mario, nous nous sommes enlacés et nous avons pleuré. Nous avons vu mourir beaucoup d'enfants ; le souvenir des parents endeuillés, à chaque fois, s'est gravé en nous. Dans mes yeux, je garde l'image de Liliana, la maman d'Aurora.

Dans ma poche, le cœur en plastique que la petite fille avait préparé pour Bruno. Dans mes souvenirs, un cri de douleur, une question restée sans réponse. Dans mes muscles, une certitude : il faut s'accrocher à la possibilité de continuer à vivre. Lutter au nom des enfants qui ne sont plus est la raison de vivre de beaucoup de gens.

20

Mon nez derrière sa nuque

Cette chambre d'hôpital, petite et sombre, a accueilli la vie dans toute sa force écrasante. Chaque jour, sans répit, Valeria et son mari Antonio ont passé la porte : la technicienne de laboratoire avec un repas chaud et l'acteur de théâtre avec un ordinateur plein d'histoires pour Bruno. Chaque jour, tante Vera a enfilé le masque et les surchaussures. Elle s'est lavé les mains au désinfectant et elle a raconté l'histoire de R2-D2. L'oncle Daniele et ses inventions les plus étranges, la tante Francesca avec ses livres et ses ballons, l'oncle Franco avec ses machines et ses robots, et Mario et moi avec nos contes, nos chansons, nos spectacles faits maison. Tous, nous nous sommes passé le relais, inlassablement. *Le Petit Poisson d'or** interprété par mon mari est entré dans les annales.

Et puis un jour, sans crier gare, alors que nous lui passions entre les doigts la petite chenille en caoutchouc que son ami Pietro lui avait offerte, Bruno a bougé la main, l'a attrapée et l'a ramenée vers lui en riant. Mario m'a regardée, comme si son fils avait tiré le meilleur coup franc de l'histoire de la Juventus. Il a exulté, a frappé dans ma main levée et a dit : « C'est gagné ! »

Nous étions bien conscients que rien n'était gagné. Le handicap énorme qu'allait endurer Bruno serait bien plus fort que la tumeur. Mais nous étions prêts. Nous l'étions grâce à Sofia. Pendant toutes ces années, Bruno avait aidé sa sœur. C'était au tour de Sofia maintenant de lui rendre la pareille, de lui prêter un morceau d'elle-même. Bruno avait été notre psychologue et Sofia notre coach de diversité. Grâce à elle, nous avons affronté la tête qui pend, les mains qui tremblent, les crises de larmes, les jambes inertes de son frère. Depuis les Pouilles, elle nous rappelait que le

---

* Conte d'origine russe transcrit par Pouchkine.

handicap ne doit pas faire peur. Et, la première fois qu'ils ont installé Bruno sur le fauteuil roulant, tout le monde pleurait, sauf nous. Le fauteuil roulant est un moyen pour voler, c'est tout. Et les communications alternatives permettent de déchirer le silence. Nonno Ezio, par exemple, est venu à son chevet pour encourager Bruno à se servir de ses doigts pour parler. Il a donné des numéros aux aliments et aux objets : 1 pour le Nutella, 2 pour les crèmes glacées, 3 pour les sorbets, 4 pour les pizzas, et puis 5 pour les *polpette* (boulettes) de grand-mère Anna. Pendant un mois, tous les matins, Bruno a agité les doigts pour quémander de la nourriture. Et quand enfin il a pu en goûter à nouveau, ses yeux exprimaient un bonheur intense.

Sofia nous a permis de quitter l'hôpital plus tôt que prévu. Les infirmières nous y avaient préparés depuis longtemps, et notre alliée, la doctoresse Mastronuzzi, a plaidé pour que nous poursuivions les traitements dans un lieu qui ressemblerait davantage à une maison. Les enfants ont besoin d'une maison pour guérir. Les associations qui œuvrent pour trouver des solutions de logement pour tous le savent très bien. Nous avions de la chance : tante Valeria et un ami avaient proposé de nous prêter leurs deux appartements. Ainsi, quand il a fallu nous montrer courageux, nous n'avons pas hésité.

J'ai compris à ce moment-là que l'on m'avait accordé un temps à vivre avec mon fils. Ce temps serait peut-être bref. Ce temps, je ne voulais pas le gâcher, par peur des tubes, des crises, de la chimio et d'un hémogramme détraqué. Il n'est pas donné à tous les parents d'avoir ce temps-là. Je me le répète chaque jour.

L'appartement de Rome est devenu notre chez-nous pendant trois mois. Nous y avons emménagé en août. Un mois d'août brûlant. La ville déserte révélait toute sa beauté. Nous étions tendus, lorsque nous avons pris possession des lieux. Nous avions transporté Bruno en voiture, je le tenais dans mes bras. À côté de moi, son siège auto vide racontait l'histoire d'un tout autre enfant. De l'appartement voisin nous parvenaient les voix d'autres enfants, en pleins préparatifs pour les vacances. Mais cet appartement était tout ce qu'il nous fallait, avec son lit double.

Le soir, Mario a étendu Bruno sur le lit, il l'a nourri à travers la sonde avec la précision d'un médecin et l'amour d'un père. Et puis nous nous sommes allongés, tous les trois, serrés l'un contre l'autre. Pendant des mois, j'avais rêvé de pouvoir rentrer à la maison avec mon fils, j'avais rêvé qu'on me le rende, rien de plus. J'avais rêvé de pouvoir me réveiller à ses côtés et de l'embrasser sur le front. J'ai approché mon nez de sa nuque et j'ai remercié le ciel pour ce moment presque normal. Dans une maison qui n'était pas la nôtre, avec nos âmes et nos corps amaigris, nous avons reconstruit notre famille.

Les souvenirs de ces journées respirent en moi comme les mots d'un poème. Un poème peut être douloureux, mélancolique, irrévérencieux, mais il demeure une musique pour l'esprit. La poésie est ce qui reste au fond d'un verre rempli d'eau et de sucre. C'est ce que disait une de mes enseignantes de théâtre du lycée. Un verre à la main, elle nous avait expliqué que la prose, c'est l'eau mêlée de sucre. En mélangeant avec une cuillère, les grains de sucre fondent, créant de nouveaux liens. Puis, si on pose le verre et qu'on attend, on voit la poésie apparaître. L'essence de la pensée et de la vie est là, au fond du verre, libérée du superflu.

Dans cette maison où nous nous déplacions avec nos masques, je goûtais à l'essentiel. Bruno, là, avec moi. Ce furent des moments heureux. Et dès que quelqu'un venait nous rendre visite, je cherchais à me remplir de ces instants de vie. Comme quand les amis de Mario passaient et qu'ils se creusaient la tête pour savoir comment tenir la perfusion ou transporter Bruno. Je me souviens de les avoir vus un soir tous pliés en deux, Angela, Peppino, Marco, Daniele, occupés à mesurer et à compter les calories que mon fils aurait dû absorber. Ils étaient là, unis par leur complicité de toujours, et avec la même attitude que pendant leurs voyages à moto, lorsqu'ils contrôlaient à tour de rôle le moteur.

Et quoi de plus poétique que deux amis qui décident de fermer leur bar pour les vacances et de passer le 15 août dans cet appartement, avec nous et Bruno, d'allumer quelques braises sur le balcon pour faire rôtir de la viande ? Cette odeur mêlée à celle des lasagnes préparées par Paola nous a transportés à la campagne. Ce fut un jour de fête. Et puis les soirées avec Angela, mon amie de l'école primaire. La petite fille blonde était devenue manager. Elle posait sur les choses un regard lucide. Elle traversait Rome après sa journée de travail et elle m'entraînait sur le balcon, allumait une bougie et écoutait mes silences. Et les tours de magie sur le lit, avec Gina, une amie avec qui j'avais repris contact le jour du diagnostic de Sofia.

Tous se relayaient, pour ne jamais nous laisser seuls. Pour faire sentir à Bruno qu'il allait s'en sortir. Et lui, malgré la chimio et l'immobilité, profitait pleinement de cette compagnie. Il souriait, écoutait les histoires de tous ces oncles et tantes. Il y avait ceux qui me forçaient à prendre une douche ou à teindre mes cheveux, ceux qui exauçaient tous les désirs de Bruno, en dénichant des jeux improbables. Ceux qui faisaient voler des hélicoptères et installaient une piscine sur la terrasse afin qu'il puisse y tremper les pieds.

À la fin du mois d'août, nous avons fêté en avance la nouvelle année, et le premier mot de Bruno.

Bruno adore les étoiles filantes, les pétards et les

feux d'artifice, qu'on tire à Tarente la nuit du réveillon. C'est une passion qu'il partage avec son oncle Daniele et avec Luca, son cousin. Mario, Sofia et moi, nous en avons peur. Daniele, au contraire, sort tout son arsenal à chaque nouvelle année. Un soir, alors que Bruno semblait triste et ennuyé, il a décidé d'anticiper la fête. Le lendemain, il est arrivé avec un sac rempli de feux d'artifice. Nous avons réussi à installer Bruno sur son fauteuil et à le descendre dans le jardin de la résidence. Son oncle allumait les mèches pour lui et jetait les fusées au loin. Bruno se bouchait les oreilles en riant.

Ce jour-là, nous avons fait la connaissance de Vincenzo, le gardien de l'immeuble. Un Alberto Sordi*, un peu plus en chair. Il s'est aperçu tout de suite des problèmes de Bruno. Le crâne chauve, les tuyaux, le regard trop éprouvé pour un petit garçon de son âge. Les yeux brillants, il lui a parlé de sa passion pour les feux de Bengale et il a sorti de sa poche un pétard rouge.

Bruno, Vincenzo et Daniele ont créé la bande

---

* Acteur, réalisateur et scénariste italien (1920-2003).

des artificiers. Chaque après-midi, Bruno montrait la porte du doigt. Je lui préparais un sachet et il descendait tirer des feux d'artifice. Si l'un des habitants passait la tête à la fenêtre pour se plaindre, Vincenzo s'approchait pour lui expliquer la situation. Bruno était autorisé à faire du boucan, pour des raisons évidentes.

Antonio et ses fils ont bientôt rejoint cette association de malfaiteurs. Tous ensemble, ils partaient en repérage, afin de trouver des lieux sûrs pour allumer les mèches. Pour un enfant qui passe ses journées dans un lit, en proie aux douleurs de la chimio, ces moments-là étaient de l'énergie pure. Les grands-parents aussi furent mis à contribution.

Un après-midi, pendant un contrôle à l'hôpital, ma mère l'a vu bouger les lèvres et murmurer : « Pétard. »

Son premier mot après l'intervention a été « pétard », et une minute après, « maman ».

J'avais tellement attendu ce moment. Pouvoir réentendre le son de sa voix. Sa voix avait complètement changé, mais il prononçait mon nom, il m'appelait, il me cherchait. Il mettait fin au silence et mon cœur s'ouvrait en grand et accueillait tous ces sons qui n'avaient plus retenti depuis des mois.

Le lendemain, Bruno a offert à chaque infirmier et médecin un petit pétard jaune. Et aujourd'hui encore, quand nous leur rendons visite, nous le voyons dépasser de la poche de leur blouse.

21

Se laisser sauver la vie

C'est l'évocation de certains lieux qui permet parfois de recomposer une image complète de nous-mêmes, cette image qui reste la plupart du temps fragmentaire. Deux ans ont passé depuis la première opération. Pendant cette longue période, nous avons déménagé trois fois, dont un bref retour dans notre maison à Vérone. Dans chaque nouvelle demeure, nous avons recréé une nouvelle famille. La doctoresse Sabina Vennarini de Trente nous a accompagnés avec une incroyable douceur, pendant toute la protonthérapie, un traitement particulier qui utilise les protons plutôt que les rayons X. Nous avons été accueillis par les bénévoles de la Ligue italienne contre le cancer. Ils nous ont logés chez eux. Nous avons rencontré Fernanda et son taxi, qui nous a accompagnés, Bruno et moi, pendant trente-neuf jours à l'hôpital et gratuitement. Nous avons découvert un groupe de femmes puissantes, qui grâce à leur association 27-Juin nous ont permis de profiter de moments sereins. Les infirmières et les médecins de la protonthérapie m'ont soutenue quand Mario a dû reprendre le travail. Ils ont appliqué sur le dos brûlé de Bruno une crème à base de bave de limace. Ils lui ont caressé le visage à chacun de ses réveils. Les collègues de mon mari n'ont pas cessé un instant de montrer leur disponibilité. Ils ont aidé cet homme qui ne parvenait plus à travailler devant son ordinateur. C'est toute cette chaîne de soutiens qui m'a permis d'affronter la douleur de Bruno.

À Palidoro, où nous sommes restés pendant une longue période, j'ai trouvé une autre famille. Mes cinq amies d'enfance m'avaient fait la surprise de venir m'y retrouver. À Lecco, où nous sommes allés pour d'autres traitements, j'en ai créé une autre. Ensuite, Bruno a été hospitalisé de jour, au service d'oncologie pédiatrique de l'hôpital Bambino Gesù, où nous avons rencontré la doctoresse

Antonella Cacchione et où des centaines d'enfants chaque jour suivent un traitement de chimiothérapie et essaient de retourner à leur propre vie. Tous les vingt et un jours, pendant dix-huit mois, nous avons pris le train pour Rome, dormi dans la mansarde confortable d'Antonio et Valeria, via di Montespaccato, reçu l'injection de chimio, attendu le repas chaud et les histoires d'Antonio le soir. À chaque fois, on rencontrait les mêmes enfants. Ou pas. Et on savait que ceux qu'on ne voyait plus, on ne les reverrait peut-être jamais.

Pendant cette période, Bruno fut très en colère, il aurait aimé courir, jouer au foot, rester avec ses amis. Le handicap est difficile à vivre. Il t'abandonne dans un coin. Malgré tout, Bruno est chanceux, comme nous, il vit entouré d'amour.

Le 2 juin 2018 à Vérone, nos amis proches ont organisé une fête au parc, une fête pour chasser le souvenir de ce jour terrible, un an auparavant. Le grand sapin au centre du parc s'est paré de ballons multicolores. Le groupe de musique Puntapum a joué pour nous et nous avons marché derrière les guitaristes en chantant une des chansons préférées de Bruno :

Camminare senza fretta,
fischiettando piano piano
E viaggiare, a mani in tasca
Senza orario né binario.
Anche se sei in bolletta
che ti importa il vil denaro,
Vai tranquillo
A mani in tasca
*Senza orario né binario**.

Il y avait tellement d'enfants, des enfants que je ne détestais plus, que je regardais avec admiration. Ils donnaient la main à Bruno avec tellement de gentillesse. Ses pleurs de désespoir à l'idée de ne plus jamais être comme avant sont pour moi des lames tranchantes. C'est vrai. Mais nous ne baisserons pas les bras, parce que nous savons qu'il peut encore profiter de la vie, sans horaire, ni numéro de voie, même s'il a rendez-vous avec la chimio.

---

* Marcher sans se presser, en sifflant *piano piano* / Et voyager, les mains dans les poches / Sans horaire ni numéro de voie / Même si tu n'as plus un sou / Au diable l'argent ! / Va, tranquille / Les mains dans les poches / Sans horaire ni numéro de voie.

22

La lettre ouverte *à* La Repubblica

Le traitement a continué et c'était de nouveau l'été. Nous sommes retournés à la campagne et à la mer, avec la peur de ne pas nous en sortir. Affronter le soleil, affronter le vent, les murs en pierres sèches, les grillades, affronter le vrai monde avec deux enfants gravement handicapés. Affronter un frère et une sœur qui se retrouvent après des mois de séparation. Bruno a regardé Sofia et il lui a dit qu'il était désolé qu'elle ne puisse ni marcher ni parler. Maintenant qu'il l'éprouvait dans sa chair, il comprenait sa situation, d'une manière différente de nous, plus vraie. Sofia a passé des jours à l'observer, son crâne chauve, sa maigreur, le fauteuil roulant. Elle aussi comprenait les choses, avec plus de justesse que nous. Et puis Luca, Vittoria et Michela ont fait le reste. Ils ont regardé Bruno, lui ont dit qu'il était un héros et que son vélo bizarre était vraiment cool. Les grands-parents ont installé une piscine gonflable. Et nous allions à la mer quand elle revêtait ses plus beaux atours, au crépuscule. Nous n'étions jamais seuls.

Le 3 janvier 2019, la doctoresse Antonella de l'hôpital Bambino Gesù nous a pris dans les bras et nous a dit de profiter de la fin du traitement. Un an et demi après le diagnostic de la tumeur. La dernière chimio ne coïncide pas avec la guérison. Le protocole s'interrompt tout bonnement. Mais la tumeur pourrait revenir, plus forte, incurable cette fois. Les médecins le savent et ils sont conscients que le seul conseil à prodiguer est de profiter de chaque instant. Antonella m'a caressé la joue, comme on le fait aux enfants, et elle nous a laissés sortir. Pour chaque enfant atteint d'un cancer, il existe un médecin qui ne l'oubliera jamais.

On nous a donné vingt-deux mois de vie, et j'espère que ces mois augmenteront, quadrupleront, centupleront. Mais une chose est sûre, ces vingt-deux mois nous ont rendus au monde avec un regard différent.

Ce sont ces mois-là qui m'ont poussée à écrire la lettre ouverte que Concita De Gregorio a publiée dans son journal. J'étais à l'hôpital avec Bruno et nous étions tous les deux très fatigués, moi émotionnellement et lui physiquement. Ce soir-là, malgré l'épuisement, j'ai essayé d'accomplir mon devoir d'acceptation en remerciant d'être encore là. Pendant le repas, j'avais beaucoup ri avec les autres mamans. La souffrance avait laissé la place un moment à la légèreté quand, sur la balançoire, Bruno avait pointé ses pieds vers le ciel. Il y avait encore de la vie à célébrer, malgré tout.

Rechercher un équilibre entre le bonheur et la logique, se cramponner désespérément à la beauté, tout ça demande un travail difficile. Et cet effort peut être anéanti, si quelqu'un te rappelle simplement qu'on meurt du cancer. Comme si je ne le savais pas. Comme si on pouvait l'oublier. Le cancer pue la mort, je le sais parfaitement. Et c'est la raison pour laquelle, ce soir d'octobre, mes doigts engourdis par les mois d'épreuves ont commencé à écrire. Ma main a serré le visage de Sofia, effleuré la tête de Bruno, caressé par la pensée ma maison lointaine et elle a écrit.

Chère Concita,

*Celui qui lutte pour sa vie mérite le respect. Si vous êtes incapables de garder le silence, réfléchissez et parlez maintenant, puis taisez-vous à jamais. Et même si vous avez mené et perdu ce combat, ou si vous l'avez gagné avec d'autres armes, rien ne vous donne le droit de dispenser votre leçon de survie. Pour qui vous prenez-vous ? Tous à rappeler à une jeune femme**, *d'une beauté impardonnable, courageuse et célèbre, qu'elle a le cancer. Tous à lui répéter, comme dans un film de Troisi, rappelle-toi que tu vas peut-être mourir. Sans parler de ceux qui vont encore plus loin et qui lui souhaitent la mort.*

Car le cancer est un don. C'est un don. Oui, vous avez bien lu. Cela vous a rendus fous de rage. Parce que celle qui le dit n'est pour vous qu'une pétasse

---

* Mariangela Tarì fait référence ici à la présentatrice Nadia Toffa, atteinte alors d'un grave cancer et qui avait affirmé que « le cancer est un don », déclenchant une polémique.

soignée dans une clinique privée. Ce qu'elle a vraiment voulu dire ne vous intéresse pas.

Le chemin épuisant qui mène jusqu'à cette phrase, ça ne vous intéresse pas. Le cerveau qui œuvre sans relâche pour rester en vie, ça ne vous intéresse pas. Vous êtes furieux. Je suis désolée pour elle, mais pas pour vous. Vous avez perdu. Vous avez perdu des proches et, avec eux, votre âme. Bruno, mon fils de six ans, a un cancer. Une tumeur au cerveau. Un médulloblastome, ça s'appelle. Un nom indigne d'être prononcé. C'était le seul de mes enfants en bonne santé. Oui. Ma fille aînée, Sofia, souffre du syndrome de Rett. Un destin ignoble.

J'ai souhaité mourir. Mais aujourd'hui je dois vivre. Comme Nadia Toffa. Et pour vivre, et pour lutter, et pour espérer, je dois trouver la beauté. Habiller le réel de vêtements de fête et non de deuil. Et je dois, c'est un devoir, transformer ma douleur en possibilités. Et le voilà ce don, qui vous a tous mortifiés. Le don n'est pas le cancer, le don n'est pas cette maladie qui vous a frappés, vous ou vos proches. Mon Dieu, non ! Moi, je m'arracherais les yeux et je me jetterais dans le feu pour sauver mes enfants.

Le don, c'est cette faculté de recueillir au cœur de la tempête quelque chose qui lui donne un sens. Mon don à moi a été de comprendre pleinement que la vie est ici et maintenant. Que peut-être il n'y aura pas de lendemain.

Alors l'odeur de la sauce tomate de ma mère ou le rire d'un ami, je les savoure, comme s'il n'y avait pas de lendemain. Et le temps. J'ai tout mon temps pour mes enfants. Je ne cours pas.

Je m'attarde sur leur odeur, leurs cheveux, leur peau, leurs mots.

Je les vis, aujourd'hui. Je ne me hâte pas le soir, ça pourrait être le dernier, et alors je leur lis encore des livres, je chante, je ris. J'ai reçu le don de me savoir en bonne santé. Je ne le savais pas. Je marche, je parle.

Ma fille, non.

J'ai reçu le don de découvrir la force de mon mari, son amour. J'ai reçu le don de découvrir la tendresse de ma belle-sœur, la détermination de ma sœur, les larmes de mon beau-frère. J'ai reçu le don de voir les grands-parents positifs, proches, unis. J'ai découvert la valeur d'un véritable ami. J'ai ajouté des sœurs et des frères à mon chemin. Et j'ai découvert que le ciel est merveilleux, après une journée en enfer. Je pourrais continuer la liste de mes dons.

Comme je pourrais vous énumérer tous les endroits de mon corps où je ressens de la douleur pour mes enfants. J'ai passé les plus belles années de ma vie, et de celle de mes enfants, dans un hôpital. J'ai tout perdu. Je n'ai rien.

Laissez-moi, s'il vous plaît, l'illusion d'avoir reçu en échange quelques dons. Laissez-moi et laissez Nadia dans cette illusion. S'il vous plaît, ne nous rappelez pas que peut-être le pire est encore à venir. Nous perdrions nos forces.

Nous perdrions la bataille.

Parmi toutes les questions qui me sont parvenues après la publication de cette lettre dans *La Repubblica*, j'en retiens une, la plus importante. Pour y répondre, j'ai dû regarder loin en moi-même. Un homme en train de perdre la vue m'a demandé si j'étais sûre que mes enfants étaient heureux ou qu'ils vivaient des moments de bonheur avec Mario et moi, ou si c'était seulement quelque chose que j'imaginais pour pouvoir continuer à vivre. C'est une question importante à poser à une mère. En vérité, c'est la question suprême pour toutes les mères, même pour celles qui naviguent sur des océans moins agités que les miens.

Alors j'ai réfléchi. Le bonheur d'un enfant dépend de multiples facteurs. Avant tout, respecter son enfant pour ce qu'il est, l'aimer d'un amour inconditionnel, l'aider, le soutenir dans les difficultés, lui transmettre le courage d'affronter ses limites et ses peurs, lui rappeler qu'il ne gagnera pas toujours, ouvrir son regard à l'émerveillement, lui parler doucement en maintenant des règles fermes, se montrer solide sans s'interdire des moments de fragilité – nous en avons tous, et les enfants doivent le savoir. Et aussi, s'entourer d'amis, se prendre dans les bras, jouer, s'impliquer pour atteindre des objectifs, se pardonner, reconnaître ses propres limites et les talents des autres, accueillir le monde et les autres comme un enrichissement personnel. Savoir rester seul, savoir demander de l'aide. Aimer les grands-parents, la cuisine, la table dressée pour toute la famille. Bavarder, danser, chanter, voyager, expérimenter. Être la meilleure part de soi-même, avoir la possibilité de développer ses propres capacités par tous les moyens. Et quelles que soient ces capacités. Sofia n'en a qu'une : bouger les yeux pour communiquer. Quand je regarde cette liste, alors ma réponse est sincère.

Oui, mes enfants sont heureux, et oui, mes enfants connaissent des moments de détresse et de douleur.

Comme tous les enfants.

Ce n'est pas le handicap qui fait de leur vie une expérience malheureuse. Chaque vie est digne, si nous en reconnaissons la dignité, si nous supprimons les obstacles qui empêchent la pleine réalisation de cette vie. Chaque personne malade, enfant ou adulte, peut avoir une vie normale, seulement si elle reconnaît la dignité de sa propre vie dans les yeux des autres. Malgré le handicap, si le monde dans lequel on évolue nous soutient, alors on pourra être heureux. Dans le cas contraire, on désirera disparaître, mourir, s'évaporer. Cela vaut pour tout le monde. Pour mes enfants en particulier, même s'ils ne l'éprouvent pas l'un et l'autre de la même façon. Ils en sont conscients. En ce moment, c'est simple. Maman et papa sont leur monde entier. Peu à peu, la société nous remplacera, et alors la dignité de leurs vies dépendra des autres. Le monde de dehors devra hériter de nos règles et s'impliquer pour que leurs vies soient dignes d'être savourées. Dans un monde où nous avons tous de la valeur, plus personne ne harcèle et plus personne n'est seul.

23

La douleur est comme l'amour

Au monsieur qui m'a rappelé que je ne suis qu'une femme très malchanceuse, qui cherche à oublier ses malheurs, je voudrais dire qu'il a raison. Je suis une femme très malheureuse. Il n'existe pas de douleur plus grande que de voir souffrir ses propres enfants. Quand j'imagine Sofia et Bruno en bonne santé, je sens tout le poids de cette infortune. Mais les choses sont comme elles sont. Le malheur peut avoir différentes formes, par exemple ne pas être soutenu quand on souffre ou être moqué. Vous ne me verrez jamais remercier le ciel pour ce qui m'est arrivé. Et cette phrase folle, « Ça t'est arrivé parce que tu as les épaules pour cela », je la retourne à l'expéditeur. Vous me verrez m'effondrer de désespoir et puis repartir au combat. Je suis une femme malheureuse, mais j'ai la fâcheuse habitude de ne jamais renoncer. Je suis une femme malheureuse, mais je suis capable de reconnaître ma chance par rapport à d'autres mamans, qui ont perdu leurs enfants bien trop tôt. Je sais encore reconnaître l'amour que j'éprouve pour Mario et ressentir le sien. Je sais encore reconnaître tout le bien que j'ai semé autour de moi et qui m'a été rendu au centuple. Je suis une femme malheureuse, qui a eu la chance de rencontrer des parents endeuillés mais respectueux malgré tout de ma propre douleur. Je pourrais continuer cette liste à l'infini, pour oublier la méchanceté qu'il y a à rappeler à quelqu'un son propre malheur. Une méchanceté que l'anonymat permet. Si seulement toute cette énergie gâchée à taper des commentaires sur son téléphone pouvait se changer en œuvres, en actes, en aide envers ceux qui ont peur.

Parce que j'ai peur, moi. Une peur qui me fait transpirer des mains. La peur indicible : devenir une maman sans enfants. Une famille sans famille. C'est possible. L'espérance de vie de Sofia n'est pas longue. Et Bruno a un cancer, ses chances de survie se comptent en pourcentages. On pourrait monter en voiture tous les quatre et aller s'encastrer contre un mur. Mais aujourd'hui Bruno a découvert comment faire une addition à l'école et Sofia a souri à sa grand-mère qui lui a préparé des *orecchiette* à la sauce tomate. Et Mario a réservé un spectacle sur les dinosaures. Bref, nous avons encore des choses à vivre. On le doit à nos enfants. Même quand ils n'en peuvent plus. Même quand je sais que le pire peut encore advenir.

Parfois, quelqu'un me demande si, en revenant en arrière et en connaissant toutes leurs souffrances à venir, je remettrais quand même mes enfants au monde. Si, en 2010, quelqu'un du futur était venu me raconter la maladie et la douleur, je crois que j'aurais refusé cette vie-là. Mais aujourd'hui, après avoir connu mes enfants, après les avoir embrassés, aimés, je ne pourrais plus renoncer à eux, jamais. Quand on rencontre les yeux d'un enfant, c'est trop tard, on est enchaîné à jamais.

Si les maladies m'arrachent mes deux enfants, je crois que je resterai une mère, malgré tout. La douleur est comme l'amour, elle est une puissance créatrice. Quand on aime à ce point, on crée. L'amour irrépressible devient une famille, un enfant, un tableau, des mots inventés, un lit qui sent les corps mêlés. La douleur fait la même chose. Quand elle devient trop forte, elle doit se transformer, devenir autre. J'ai vu comment cela se produit. Des mères et des pères endeuillés qui rôdent dans les hôpitaux, créent des associations, luttent pour des lois. Des parents transpercés par une douleur trop grande qui repoussent la haine et sèment encore des graines. Quand la peur de la perte devient trop forte, je pense à eux. Aux mamans pour toujours.

Moi, pour le moment, je me bats contre la fatigue. Mais le corps craque de partout, et les pointes de danseuse sur lesquelles je suis juchée commencent à me faire mal. Pour l'instant, je supporte tout cela de bonne grâce. Je profite de cette chance infinie d'avoir Mario à mes côtés, et je sèche mes larmes devant un café. J'espère, comme tous les funambules, que je ne vais pas tomber.

24

Un pied devant l'autre

Il y a un câble suspendu dans le vide, entre un passé trop lointain et un point d'arrivée qu'on ne distingue pas encore.

Debout sur mes pointes de danseuse, je sens tout le poids de mon corps. Je n'ai pas mis de tutu. Je porte un jean et un tee-shirt taché de nourriture. Mes cheveux bouclés ondoient en même temps que moi sur cette corde.

C'est un instantané de ma vie, aujourd'hui.

Il n'y a pas eu de changements notables, depuis l'année dernière. Seulement une ondulation de la corde, sous le vent léger de l'espoir.

Je suis une funambule folle.

Avec les bras grands ouverts, je cherche un équilibre improbable. Allongés sur mes bras, il y a mes enfants, au-dessus du vide. Tout mon corps est tendu. Je marche sur la pointe des pieds. Le câble est si mince. J'essaie de traverser la vie, en oubliant la douleur et la peur provoquée par l'altitude.

Je ne suis pas seule.

Devant moi, avec sa chemise préférée et son pantalon bleu, il y a mon compagnon de route. Il porte des chaussures larges et il essaie de ne pas glisser. Lui aussi marche les bras levés. Il porte des poussettes, des vélos, des ordinateurs, des voitures, des paquets de feuilles, des photos. Un fil de sécurité invisible relie sa taille à la mienne. On traverse ensemble et on tombe ensemble.

Nous avançons lentement, en posant avec précaution un pied devant l'autre. La tête haute, nous regardons au loin, au-delà de la peur.

Nous chantons.

Nous nous racontons des histoires drôles.

Nous observons les oiseaux.

Nous jouons aux cartes.

Nous allumons des feux d'artifice pour la nouvelle année.

Les enfants ne doivent pas avoir peur. Il faut qu'ils profitent du voyage. Nous gardons toute la fatigue pour nous.

Et encore une fois, nous ne sommes pas seuls.

Sous nos pieds, il y a des yeux et des nez tournés vers nous, des visages qui retiennent leur souffle. Ils forment un arc-en-ciel. Il y a ceux qui ne bougent jamais et restent près de nous. Ceux qui se lèvent pour nous préparer un lit confortable ou un repas chaud. Ceux qui donnent de leur temps ou toute leur vie. Nous savons qu'ils sont là, sans avoir besoin de les regarder. Nous les remercions en silence.

De légers flocons tombent du ciel tout blanc. Et il fait froid jusqu'au fond de l'âme, il fait froid sur les yeux de ceux qui nous aiment, en bas. Alors quelqu'un baisse le regard, prépare un café et emballe un cadeau. Et on reprend notre marche.

J'espère que je pourrai descendre un jour de ce filin interminable, retirer les pointes qui m'usent les pieds. J'espère que je pourrai un jour baisser les bras et laisser les pieds de mes enfants fouler tous les chemins du monde. J'espère aussi voir disparaître la fatigue du corps de mon mari.

Mais aujourd'hui, ici et maintenant, je sais que pour rien au monde je ne voudrais perdre ces yeux fixés sur nous et sur lesquels la neige vient fondre.

Quelques mots de fin

Pourquoi j'ai écrit ce livre

Il n'est pas simple de se pardonner l'impardonnable. Il faut se taire pendant un moment et puis écouter à l'intérieur de nous-même. Moi, je me pardonne. Combien de fois me le suis-je dit après la tragédie de Bruno et de Sofia.

Beaucoup de gens nous regardent comme si nous étions des saints, Mario et moi. Mais la vérité, c'est qu'au-delà de l'amour et de la peur, au-delà de la douleur que nous ressentons dans notre chair pour nos enfants, il y a la fatigue.

Quand, après une année, j'ai pu enfin ramener Bruno à la maison, j'ai pensé que plus rien ne pourrait me séparer de lui ou m'éloigner de l'amour incomparable que j'éprouvais pour lui.

À l'hôpital, alors que je regardais son corps intubé, je lui avais promis que toute ma vie serait sienne. Cependant, la fatigue finit toujours par demander l'addition et la note est salée pour les gens comme nous. S'occuper de deux enfants avec des handicaps divers m'a mise à genoux, et aujourd'hui au tapis. Même si mes enfants sont toute ma vie, j'aimerais parfois, juste pour un instant, un moment, rien de plus, qu'ils disparaissent. Pas eux précisément, mais leurs maladies.

L'écrire, ou simplement le penser, c'est inhumain. Mais c'est ce qui arrive à ceux qui se vouent entièrement à ceux qu'ils aiment. Désirer être seule, souhaiter que Mario disparaisse lui aussi, ne plus avoir mal aux pieds ou aux bras, pouvoir attendre à la poste ou chez le médecin sans ressentir l'angoisse du retour à la maison. Il y a des jours où j'aimerais ne pas rentrer chez moi, où j'aimerais prendre un train et voyager pendant des heures, seule. Avec pour seule compagnie moi-même. Il y a des jours où je voudrais hurler à Sofia d'arrêter de grincer des dents, parce que je n'en peux plus. Et je voudrais dire à Bruno, à mon tendre petit Bruno, que certains après-midi me semblent interminables. Que, malgré la tumeur, il y a des moments où je ne peux pas répondre à ses demandes, et même que je les déteste, ses demandes incessantes. Je voudrais avoir le droit de me disputer avec mes enfants, de toucher mon corps et de sentir que je suis encore vivante, encore entière. Oui, une personne à part entière, bien que je sois devenue aux yeux du monde une *caregiver*, un proche aidant.

C'est comme ça qu'on nous appelle, les *caregivers*, les proches aidants. Voilà les mots qu'on utilise pour désigner ceux qui prennent soin, avec un amour infini, de la vie d'autrui, renonçant en même temps à la leur. Pour survivre avec dignité à la douleur, il ne faut pas seulement accepter qu'elle coule dans mes veines, je dois aussi me pardonner de vouloir parfois prendre la fuite. Dès que je me donne l'absolution, je me sens submergée par le désir d'embrasser mes enfants. Se savoir vivant n'est pas une honte. Nous, les proches aidants, assis pendant des heures dans les centres de rééducation pour attendre quelqu'un, nous sommes vivants. Et quand je le reconnais, quand je l'écris, je me sens déjà plus heureuse.

Moi, je passe quasiment toutes mes journées dans les centres de rééducation. Avant, j'y accompagnais Sofia, escortée de mon petit Bruno, qui me tenait compagnie. Aujourd'hui je l'accompagne lui aussi, mon garçon en colère, qui aimerait mieux ne pas être là, en train de reconquérir ce que la maladie lui a pris. Pouvoir marcher à nouveau, parler ou sauter, ce n'est plus acquis pour lui. Il est difficile pour moi de l'admettre.

Un jour, alors que j'attendais que Sofia finisse sa séance de physiothérapie, je suis tombée sur un post Facebook qui parlait des *caregivers*. Des mères avaient publié des photos de leurs enfants handicapés pour demander d'une voix forte une loi qui les protège, elles. Une telle loi n'existe pas, aussi incroyable que cela puisse paraître. Ce poids énorme que l'on supporte par amour devient évident, quand on croise des personnes âgées qui errent dans les couloirs des hôpitaux et des centres, où elles continuent d'accompagner leurs enfants, jamais devenus adultes. On parle ici de don de soi, de pur acte d'amour. Nous n'attendons rien de la part de nos enfants, en contrepartie. Pourtant, notre corps en paie le prix. Il plie et finit par rompre.

En lisant ce post, j'ai compris immédiatement que je n'aurais jamais publié de photos qui mettraient en avant le handicap de Sofia ou de Bruno. Les gens derrière leurs écrans cliquent facilement sur *J'aime*, sans regarder la vérité. Pour obtenir une loi, il faut provoquer de l'empathie, il faut que le monde voie, et qu'il te regarde ensuite.

Je suis rentrée à la maison avec une idée en tête. J'ai commencé à chercher nos plus belles photos et j'ai écrit sur moi, en tant que femme, en tant que mère et en tant que *caregiver*.

Moi, épouse, *caregiver*, maman de deux magnifiques enfants gravement malades, j'ai pensé : mais pourquoi est-ce toujours nous ? Nous, qui nous protégeons, nous soutenons les uns les autres dans les combats juridiques, nous qui nous tendons la main, nous invitons à des événements. Nous qui découvrons des traitements, donnons des sous à des associations composées seulement de gens comme nous... des *caregivers*.

Parce que – je le sais aujourd'hui –, pour une personne qui baigne dans la normalité, et qui n'est pas consciente de la chance énorme qu'elle a eue, voir apparaître à l'écran dix, cent, mille photos d'enfants handicapés crée de l'angoisse et un sentiment de dégoût mêlé de peur. Le doigt s'apprête à cliquer sur *Supprimer*, on se répète, pour se donner bonne conscience, que ce n'est pas possible, ça rend trop triste, ces photos-là, *clic*, on supprime et on continue de dérouler le fil d'actualité, *clic*, on partage, sans même prendre la peine de lire. Et donc ? Le combat pour la loi sur les *caregivers*, je le mène avec qui ? Je ne suis pas d'accord. Tout le monde est concerné.

En réalité, personne n'est capable de reconnaître sa propre chance. Être en bonne santé est toujours donné pour acquis. Personne ne remercie pour l'usage conscient et complet de ses mains, de ses jambes, de ses bras ou de sa voix. Personne. L'homme a horreur de la maladie et de la mort. Alors quand il voit des photos ou quand il écoute les récits de gens malades, il éprouve de la peur, parfois de la compassion, mais tout en constatant que le visage qui souffre n'est pas le sien. Il se convainc ainsi qu'il n'a pas une tête de *caregiver*.

En êtes-vous vraiment sûr ? En quoi ma tête est-elle différente de la vôtre ?

J'ai pleuré d'amour, de joie, de rage. J'ai été diplômée de l'université et j'ai travaillé dur. J'ai caressé deux ventres ronds avec la même tendresse et j'ai murmuré les mêmes mots à ces enfants invisibles. J'ai construit un nid et j'ai attendu que mon rêve s'accomplisse, tout comme vous. Mes enfants sont les vôtres, et nous leur avons donné la vie en pensant à cette même foutue révélation : le bonheur.

Est-ce que je ne vous ressemble pas ? Je crois bien que si. Mais regardez-moi mieux que ça : je suis une *caregiver* et j'ai la force des héros de *Star Wars*. Regardez-moi encore : je ne vous ressemble plus. Je prie pour que ma fille meure avant moi.

Quand ma grand-mère me faisait perdre patience avec sa démence sénile, je plongeais la tête dans les tiroirs de sa commode qui sentaient la naphtaline et j'en sortais des photos : une petite fille déguisée pour le carnaval, la même enfant entourée de ses amies ou blottie dans les bras de sa mère, puis souriante au bras de son mari, puis enceinte. Alors je revoyais la femme, derrière la démence, et je la prenais dans mes bras.

C'est un effort mental que je fais aussi avec mes parents. Quand je craque avec mon père, parce qu'il devient sourd, ou que je critique ma mère qui me demande la même chose pour la dixième fois, je regarde les photos. Je les ai accrochées partout dans le couloir : mes parents jeunes à la mer, sur une luge à la montagne, avec ma sœur et moi en voyage en train de nous apprendre la vie. Alors je les embrasse et je les reconnais.

J'ai écrit ce livre pour tous les *caregivers*, les Avengers de la normalité. Nous sommes beaucoup plus nombreux que ce que vous imaginez et nous sommes partout. Et pourtant, le monde en sait peu sur nous. Nous portons en nous un feu ardent et des histoires à raconter. Avec notre simple expérience, nous pourrions faire des propositions concrètes sur les problèmes sociaux qui touchent la famille en général et la maladie. Mais malheureusement, il y a la peur qui recouvre tout. Parce que l'indifférence n'est rien d'autre que la peur de se salir les mains avec la douleur d'autrui. Malheureusement, il y a la conviction absurde que la maladie ne regarde qu'un petit groupe d'infortunés. Malheureusement, il y a cette ombre qui nous exclut des conversations de tous les jours.

Pourtant, j'en ai la conviction, nous sommes

entourés de gens qui cachent dans leurs sacs des bavoirs. Dans le mien, il y en a toujours un pour essuyer la salive ou pour éponger l'eau que mes enfants ne réussissent pas à avaler. Autour de nous, je sais que certains sacs renferment des bavoirs taillés sur mesure pour des enfants de vingt ou soixante ans. Si vous regardez bien, vous les trouverez dans les sacs des enseignantes, des médecins, des menuisiers, des managers, des hommes d'affaires et des travailleurs précaires. Des gens normaux qui marchent à côté de nous, de vous, en ce moment même. Nous, les *caregivers*, nous sommes partout, nous roulons dans des voitures de luxe ou nous mangeons une pizza à l'hôpital. Avec un peu d'attention, vous pourrez apercevoir ce bavoir dans nos poches, pendant que nous présentons des émissions de télévision, le sourire tendu, ou pendant que nous traversons la nef d'une église, les mains jointes. Nous pourrions aussi être sur le *dancefloor* d'une discothèque. Par malchance, on peut aussi devenir *caregiver* très jeune. Le garçon du bar ou le maître-nageur pourraient l'être aussi. C'est une grande histoire, parce qu'elle nous concerne tous.

C'est une grande histoire, parce que celui qui prend soin tombe aussi malade. Il perd son corps et son esprit. Voilà pourquoi j'ai choisi de raconter cette histoire jusqu'au bout, d'aller au fond des choses. Voilà pourquoi j'ai joué cartes sur table.

Mon souhait, la raison pour laquelle j'ai décidé d'écrire ce livre, c'est de réussir au moins un peu à transformer un raisonnement abstrait en une sensation. J'aurais pu énumérer des lois, des chiffres, mais j'aurais perdu votre attention. Les mots qui racontent une histoire vraie remuent en nous quelque chose. J'y crois. Je veux y croire dur comme fer.

J'aimerais aussi, quand vous aurez refermé ce livre, que vous ne pensiez pas que nous sommes des super-héros et que nous allons réussir. Non, nous n'allons pas réussir. Nous avons réagi et nous nous sommes montrés courageux mais notre vie est vraiment très difficile. Tout est un combat. Rien ne nous est épargné. Et le soir, nous ne pouvons même pas nous allonger sur le lit en pensant : nous n'avons rien, mais ce n'est pas grave, nos enfants sont sereins et heureux. Non. Nos enfants sont sereins et heureux aujourd'hui, avec nous, mais viendra un temps où ils se retrouveront seuls contre le monde.

On nous a accordé vingt-deux mois et une possibilité de prendre la parole. S'il ne devait rester qu'une sensation d'empathie, une fois le phare éteint, alors quelque chose de bien aura été fait. Le remède le plus important tient dans la relation entre les gens. Les règles du jeu, on les change en restant ensemble. En s'écoutant. Comme dans les activités théâtrales qu'on mène avec les enfants, quand ils doivent apprendre à lire dans le silence de l'autre, à lui donner de la voix et de la force. C'est un jeu qui requiert une volonté d'observation, de se mettre à la place de l'autre, sans peur.

Quand vous me croiserez dans la rue, pendant que je fais un tour avec Sofia, ne dites pas à vos enfants « Ne la regarde pas comme ça ». Vous feriez une erreur. S'ils la fixent du regard, c'est parce qu'ils veulent savoir. Alors n'ayez pas peur du handicap, abaissez-vous au niveau des yeux de Sofia, demandez à vos enfants de faire de même, et demandez à cette personne en face de vous comment elle s'appelle. Et n'oubliez pas, une fois que vous aurez tourné les talons, que derrière un enfant malade, il y a toujours une mère qui, une cuillère dans une main et un antiépileptique dans l'autre, traverse sa vie en chantant *Hey Jude*, avec toute sa douleur, et en espérant qu'il s'arrêtera bientôt de pleuvoir.

Nous ne sommes pas des héros, mais nous accomplissons des actions héroïques. Nous ne sommes pas des survivants lorsque nous reprenons nos activités d'avant le cancer. Nous ne sommes pas sortis d'un immeuble en flammes, nous n'avons pas sauté d'un navire qui fait naufrage, ni émergé des décombres d'un tremblement de terre. Non. Nous sommes toujours dans l'immeuble, sur le navire et sous les décombres, mais nous avons appris à nous préparer du café au cœur même de l'incendie et à rire pendant que les sauveteurs creusent pour nous retrouver. Moi, j'ai appris à mettre des chaussures de foot à un petit garçon qui ne peut plus courir et à l'aider à passer d'attaquant à gardien. Ce qui pour tout le monde, et pour nous aussi, n'est que de la pure malchance, eh bien, c'est tout ce qui nous reste. Alors l'instant devient tout. Un dernier jour? Un dernier été? Nous sommes devenus des bergers errants qui interrogent des lunes silencieuses*. Nous nous lançons dans des dialogues profonds avec nous-mêmes, avec Dieu. Nous découvrons ce que tous devraient savoir sans avoir à passer par le cancer : l'essence de la vie. Et quand nous la découvrons… nous voudrions ne plus jamais mourir et ne plus jamais laisser partir.

* Référence à un poème de Leopardi : « Canto Notturno di un pastore errante dell'Asia ».

Remerciements

Ce livre, à la respiration chorale, qui parle d'absences mais aussi de mains tendues et de belles rencontres, a vu le jour grâce à une personne qui y a cru bien avant que j'y crois moi-même. C'est à elle que j'ai confié pour la première fois mon envie d'écrire, mais aussi mes peurs infinies à l'idée de rester assise à mettre de l'ordre dans ma vie. Elle a toujours été là, attendant mes pages, m'encourageant, répondant à mes mails nocturnes, dans lesquels je déversais mes émotions. Elle m'a vue, avant même que je ne me voie, elle a vu Mario, elle a vu mes enfants et elle a vu tout le soin qu'il fallait apporter à mon histoire afin qu'elle puisse devenir l'histoire de quelqu'un d'autre. De tous les événements cosmiques qui m'ont amenée là où je suis aujourd'hui, elle est sans aucun doute le petit Big

Bang qui m'a permis d'accéder à une nouvelle conscience de moi-même. J'ai écrit parce qu'elle m'a cherchée, j'ai écrit parce qu'elle m'a tenu la main et j'ai écrit parce que dans chacune de ses paroles je ressentais l'importance de ce que j'étais en train de faire.

Une nuit, je lui ai demandé : « Alors ? Vas-y, je t'écoute, raconte-moi la dernière fois où tu es allée dîner avec un de tes camarades de classe handicapé ? » C'était une question menaçante, le mail débordait de colère. Le travail d'écriture commençait à sonder des lieux très profonds. Elle m'a répondu : « Voilà pourquoi je veux éditer ce livre. »

Nous sommes amies désormais. Parce que Maria Cristina Olati n'est pas seulement une éditrice. C'est une personne qui se sent responsable quand elle s'engage dans un projet d'écriture, parce qu'elle perçoit tout le bien qui peut en découler, mais aussi les changements, les conflits. En la fréquentant, j'ai compris que c'est l'histoire qu'elle choisit, une histoire qui peut changer un angle minuscule du monde. Le livre ensuite n'est que le moyen de la transformation. Cette idéaliste m'a conquise.

Merci, Maria Cristina Olati.

Dans les pages de ce livre, on peut lire ma gratitude envers quelques personnes. Leur amitié puissante est disséminée dans le texte. Mais, comme les paroles sont des actes et que les noms sont des paroles, il me semble essentiel de faire ici la liste de tous ceux qui forment les nœuds de mon filet de protection.

Merci Monica, Floriana, Daniela, Lia, Marika, Antonella : vous êtes mes amies de toujours et pour toujours.

Merci à toutes les mamans et tous les papas qui ont cuisiné pendant des jours et des jours, et qui se sont agenouillés à chaque fois pour nous regarder dans les yeux. Je sais tout du groupe Forza Bruno* et je ne l'oublierai jamais.

Merci à Claudia, Elettra, Rosanna, Valentina et Valentina, Chiara, Mavel, Monica, Debora, Anat, Federica et Guendalina, pour être toujours présentes.

Merci Italia De Gennaro, tu m'as appris à penser.

Merci Sandra, Giovanni et Clara pour la porte que vous laissez toujours ouverte.

Merci Annalisa, Rosaria et Giovanna, grâce à

* Allez Bruno !

vous j'ai connu les meilleures années d'enseignement à Borgo Felice.

Merci à tous les collègues de mon mari, et en particulier à Giorgio Giorgis qui nous a donné des ailes.

Merci Anna et Andrea pour le verre de vin qui rompt la solitude.

Merci à celui qui a pris sa guitare et qui a chanté dans mon salon, et merci à Franco et à tout le groupe de Bologne.

Merci au professeur Marco Ongaro pour m'avoir révélé des secrets.

Merci à qui a compris tout de suite ma quête de sens et qui a dit oui à l'aventure de La Casa di Sofia*. Merci à toutes les belles âmes de l'association : Gabriella, Monia, Delia, Gabriele, Vania, Francesca, Angela, Roberto. Vous êtes La Casa di Sofia, vous êtes un rêve qui devient réalité.

Merci Daniele, Danilo, Luigi, Walter et Lino. Votre « oui » a fait la différence.

Merci à l'agence 54Words pour avoir transporté La Casa di Sofia dans des lieux improbables et

* Association créée par Mariangela Tari.

merci à Ilaria et à Serena pour avoir regardé dans la même direction que moi.

Merci à la fondation Vanni Longo et à l'association Mister Sorriso de Tarente, pour avoir imaginé un monde différent avec La Casa di Sofia.

Merci à mon amie journaliste Valentina Petrini pour son soutien à La Casa di Sofia.

Merci aux maîtresses des écoles Bentegodi, Alessandri, Segala et de l'Educandato Statale agli Angeli, qui exercent avec passion et accueillent mes enfants les bras ouverts. Bruno et Sofia sont entre de bonnes mains.

Il me faut encore dire merci à Mario d'avoir trouvé la force de lire ces pages et d'avoir toujours envie de nous relire, *nous*.

Merci à maman, papa et à ma sœur d'avoir témoigné votre amour de toutes les façons possibles. Je vous dois ce que je suis.

Merci à grand-mère Francesca et à tante Ersilia, vous me manquez chaque jour. Merci à tous mes grands-parents, même ceux que je n'ai pas connus.

Merci à mes cousines et cousins, et à mes oncles et tantes, sans oublier personne. Nous nous sommes tant amusés, petits. Je vous aime.

Merci à mon beau-frère Daniele. Tu es quelqu'un d'extraordinaire.

Merci tante Vera et oncle Dario, grand-mère Ida et grand-père Ezio pour toute la bonté qu'il y a dans vos gestes quotidiens.

Merci Vittoria et Luca pour les embrassades, les caresses, les éclats de rire et l'amour inconditionnel. Être tata est une expérience exaltante, un peu comme être maman.

Merci Michela pour ta sensibilité et pour avoir escaladé le mur en pierres sèches, tous les étés.

Merci Concita De Gregorio pour m'avoir offert une possibilité que peu de personnes reçoivent dans leur vie : se faire entendre.

Merci Elena Santarelli d'avoir trouvé le temps d'être mère, à côté d'une autre mère.

Merci à Marilena Rossi et Margherita Trotta pour la sensibilité avec laquelle vous avez manié mes mots, et merci d'avoir pleuré avec moi. Merci à Mondadori pour nous avoir crus.

Merci aux associations qui se sont rangées à nos côtés, merci à l'Airett grâce à qui nous gardons espoir et merci en particulier à Lucia et Martina pour nous avoir démontré que Sofia « peut ».

Merci à l'Albeo de Vérone pour le travail énorme effectué après le cancer, et particulièrement à Manuel pour tout le soutien psychologique.

Merci à la Ligue italienne contre le cancer, aux bénévoles de protonthérapie de Trente pour leur délicatesse envers moi.

Merci à l'association 27 Giugno de Trente pour nous avoir ramenés dans le monde entre deux séances de rayons et pour nous avoir comblés de cadeaux et de sourires.

Merci à l'association Insieme per Solidarietà de Valeggio sul Mincio et à son équipe qui a pour unique objectif de donner, donner du temps, des possibilités, des rêves, donner tout ce dont une famille qui vit avec le handicap a besoin. Mes enfants sont encore euphoriques d'avoir reçu vos splendides bicyclettes. Et donc merci à Anselmo, sans qui nous ne vous aurions jamais connus, et merci à Amelia et Simonetta qui ont toujours la patience de me courir après.

Merci au Gruppo Spontaneo Caregiver Familiari Comma 255, vous êtes pour moi une source d'inspiration, de pure lutte, de résistance.

Merci aux chercheurs qui travaillent sans relâche à exaucer notre vœu le plus cher : un traitement !

Merci au Rett Syndrome Research Trust et à Benedetta, je nourris des espoirs immenses pour l'avenir de Sofia et de toutes les petites filles qui souffrent du syndrome de Rett.

Merci aux médecins de Tarente qui sont toujours là pour nous avec leur téléphone allumé et les conseils adaptés, le docteur Cecinati, le docteur Gurrado et la doctoresse Zambetta.

Merci à la doctoresse Sandri pour son dévouement et sa patience.

Merci à Chiara, notre ophtalmologue, qui, à l'étage en dessous, ne cesse de prendre soin des yeux de Bruno, avec gentillesse.

À tout le personnel médical et infirmier de l'hôpital pour enfants Bambino Gesù et de la protonthérapie de Trente, j'adresse ma gratitude éternelle. Avec vous, je suis arrivée en enfer et j'en suis sortie. Je vous aurais aimé avec autant d'impudeur, même si l'histoire s'était terminée autrement. J'aurais gardé pour vous cette estime que je ressens à chaque fois que je vous vois au milieu des familles, des enfants et des cancers. Je peux seulement vous dire merci. Merci du plus profond de mes entrailles. Merci à la doctoresse Mastronuzzi, à la doctoresse Cacchione, à la doctoresse Vennarini. Je ne vous oublierai jamais.

Et un merci tout aussi grand au personnel du bar de l'hôpital pour enfants. Chacun de vos mots semble avoir été étudié pour accueillir dans ce café nos larmes de parents désespérés.

Table

L'EXEMPLAIRE QUE VOUS TENEZ ENTRE LES MAINS
A ÉTÉ RENDU POSSIBLE GRÂCE AU TRAVAIL DE TOUTE UNE ÉQUIPE.

COUVERTURE ET CONCEPTION GRAPHIQUE : Éric Pillault
RÉVISION : Sophie Loubier, Isabelle Paccalet et Aleth Stroebel
MISE EN PAGE : Soft Office
PHOTOGRAVURE : Point 11
FABRICATION : Lucie Le Bon
COMMERCIAL ET MARKETING : Pierre Bottura
COORDINATION : Jean-Baptiste Noailhat
RELATIONS LIBRAIRES ET RÉSEAUX SOCIAUX : Laura Darmon et Damien Nassar
PRESSE ET COMMUNICATION : Isabelle Mazzaschi avec Axelle Vergeade
Les Arènes du savoir : Pierre Bottura avec Marc Blactot, Laura Darmon, Adèle Hybre, Guillaume Lollier et Clémentine Malgras

RUE JACOB DIFFUSION : Élise Lacaze (direction), Katia Berry (grand Sud-Est), François-Marie Bironneau (Nord et Est), Charlotte Jeunesse (Paris et région parisienne), Christelle Guilleminot (grand Sud-Ouest), Laure Sagot (grand Ouest), Diane Maretheu (coordination), Charlotte Knibiehly (ventes directes) et Camille Saunier (librairies spécialisées)

DISTRIBUTION : Interforum

DROITS FRANCE ET JURIDIQUE : Geoffroy Fauchier-Magnan et Bertille Comar
DROITS ÉTRANGERS : Sophie Langlais
ACCUEIL ET LIBRAIRIE : Laurence Zarra et Lucie Martino
ANIMATION : Sophie Quetteville
ENVOIS AUX JOURNALISTES ET LIBRAIRES : Vidal Ruiz Martinez
COMPTABILITÉ ET DROITS D'AUTEUR : Christelle Lemonnier, Camille Breynaert et Christine Blaise
SERVICES GÉNÉRAUX : Isadora Monteiro Dos Reis

Cet ouvrage a été imprimé par un imprimeur certifié Imprim'vert,
sur du Lac 2000 pour l'intérieur et une carte Munken Polar
pour la couverture.

La couverture et la bande ont été imprimées par
Déjà Link à Stains (Seine-Saint-Denis).

Achevé d'imprimer sur les presses de l'imprimerie CPI Bussière
à Saint-Amand-Montrond (Cher) en mars 2022.

ISBN : 979-10-375-0621-4
Numéro d'impression : 2063556
Dépôt légal : Mai 2022